うちの中学二年の弟が　目次

イラスト／Ａｍｉｔ

えきすとら六区

～うちの女の子より可愛い弟が～

困った弟もいれば、困った兄もいる

都下某所に広大な敷地を有する私立鷺(さぎ)ノ院(いん)学園。私こと鷺沼湖子(さぎぬまここ)は、高等科一年に籍を置く、ごく普通の女子高生である。

今は夏休み。友達の家で一緒に宿題をやる約束をして出かける前、弟に貸していた自転車の鍵を取り返しに隣の部屋を覗(のぞ)いた。——のが間違いだった。

弟の六区(ろっく)は、先にどこかへ出かけて留守だった。勝手知ったる弟の部屋、遠慮もせずに中へ入り、机の上に見える鍵を取ろうとして、ふとベッドの上に無造作に放り投げられているブツが目に入った。

「——……」

私はそれから目を逸(そ)らし、腹の底から深い深いため息をついた。

けれど、どれだけ現実から目を逸らしたくても、それは確かにそこにあった。

それは、ピンクと白のチェック模様で。

小さなリボンと、細かいフリルの付いた——

中学生女子用ファンシーなブラジャー。Ａカップ。

私はそれをつまみ上げ、もう一度ため息をついた。

繰り返して言えば、ここは弟の部屋である。中学二年男子の部屋である。

弟の部屋で、こうも堂々と放置された可愛(かわい)いブラジャーを発見してしまう姉の気持ちがわかる人はそう多くはないと思う。

ちなみにこれは私のものではないし、私に妹はいない。そして大変遺憾(いかん)ながら、これが我が弟にとって、観賞用ではなく実用品であることを私は知っている。

と、ため息が止まらない私の背後から、まだ声変わりしていない弟の声が飛んできた。

「あれ、ココちゃん。僕の部屋で何してるの？」

大きな紙袋を持った六区が、罪のない顔で訊(き)いてくる。白い肌にピンクの頰(ほお)、大きな瞳にバサバサ睫毛(まつげ)、ぷるんぷるんのくちびる——男子中学生らしからぬその天使の美貌(びぼう)がまた小憎らしい。

「あっ、それ、どこから出してきたの」

六区は私が手に持っているブラジャーに気づき、瞳(め)を丸くする。

「ここに放り投げてあったのよ」

「あ――そっか、明日の確認をしてて、しまい忘れちゃったのか」

六区はペロッと舌を出す。

「確認って、明日何があるの」

中学生男子がブラジャーを取り出して確認するような用事なんて知りたくもないけれど、知らなければ知らないで不安な姉心で、とりあえず訊いてみる。

「明日、学校で映画のロケがあるんだよ。中学生が主役の学園ものだから、生徒役のエキストラが中等科の中で募られて、僕も参加することになったんだ」

「ああ、なるほど」

私たち姉弟(きょうだい)の通う鷺ノ院学園は、創立が古い。高等科は数年前の建て替えで近代的デザインの校舎になったけれど、中等科校舎は未だレトロな雰囲気の洋館で、ドラマや映画のロケに使われることが多いのだ。私が中等科の頃も、何度かロケを経験している。

高校や大学、その他の舞台として使われることも多いので、いつも生徒がエキストラで駆り出されるとは限らないものの、自分の学校が撮影に使われることに慣れている、というのが鷺ノ院生の特徴である。

「でも、それでどうしてブラジャー(こんなもの)が必要なの?」

そう、そこが一番重要な問題だ。

「今回は夏休みだし、旅行とかで都合が付かない生徒も多いから、有志のみの参加なんだけど、そしたらバランス的に女子がちょっと足りないんだって。それで僕は女生徒役で行くことになって、今、演劇部の部長の家に行って女子の制服を借りてきたんだ」

六区が持っている紙袋の中身は、制服の上下——セーラー服とスカートだった。それを見て私はがっくりと肩を落とした。

「なんであんたはそう、女装が好きなのよ……」

「だって、似合うから。ほら、可愛いでしょ？」

広げたセーラー服を自分の肩に当て、六区はにこっと笑ってみせる。確かに似合うし可愛いから、そこに反論は出来ない。

「——ていうか、中等科演劇部の部長って、男子よね……？　部室じゃなくて、家にそんなものを保管してるの？」

「部室に置ききれなくて、代々部長の家が倉庫代わりになってるみたいだよ。ドレスがいっぱいあって、楽しかった～」

この口調から察するに、一頻り（ひとしきり）ファッションショーをしてから帰ってきたな？

しかし、自宅に女子の制服やらドレスやらをキープしている演劇部部長（男子）も、なかなかに業が深いわ……。部屋の中でうっかりそんなものを見つけた家族の女性陣はきっと、今の私と同じように深いため息をつくに違いない。

「そういえば、前から訊きたかったんだけど、あんたこれ……まさか自分で買ってくるわけじゃないよね？」

　つまんだままのブラジャーを揺らして訊ねると、六区はあっけらかんと答える。

「頼めば、お母さんが買ってきてくれるよ」

　――どういう母親だ！

　パートへ行っている母に対し、私は心の中でツッコミを入れた。

　六区は子供の頃から、母が所蔵している少女漫画を読んで育った。特にお姫様や王子様が出てくるキラキラのラブストーリーが大好きだ。そうして培われた少女趣味と、元々女の子のような顔立ちをしていることが重なって、女子向けの服を着ることに抵抗がない少年になってしまった。抵抗がないどころか、しっかりブラジャーまで用意して積極的且つ本格的に女装したがるくらいだ。

　私は六区とは逆に、父所蔵のスポ根少年漫画の方が好きで、可愛い服にはあまり興味がない。それが母としてはつまらなかったのかもしれないけれど、だからといって、ブラジャーをねだる息子に何の疑問も抱かず、こんなものを買い与えてやる母親というのはどうなのか。

誤解のないように言っておくならば、私も初めは弟の悪趣味に驚き戸惑い呆れたあと、これはもしかして、身体は男の子に生まれたけれど心は女の子で――みたいなやつなのかもしれないと考えたのだ。六区自身が悪いのではないのかも、と。そうなのだったら、頭ごなしに弟の行動を否定するのはよくないことだと思った。でも結論から言えば、それは考え過ぎだった。

六区の目的は、しばらく行動を見ていればわかる。こいつは、自分が女の子の恰好をすれば最高に可愛いことを知っていて、そのまま人前に出てちやほやされるのが好きなのだ。そしてあわよくば、最終的に男だとばらして人が驚くのを見るのが好きなのだ。これまで、その展開を散々に見せられてきた。だから変に気を遣う必要などない。六区の女装はただのウケ狙い、根っからの悪趣味なのである。

弟のブラジャーを手にしたまま憮然としている私に、六区は飽くまで悪怯れず、ポンと手を打って明るい声を出す。

「そうだ、ココちゃんも一緒に行かない？」

「は？　どこへ？」

「明日のエキストラだよ。女子が足りない状態だから、ココちゃんが中等科の時の制服を着て交ざっても平気だよ。というかきっと、歓迎されるよ」

——それは、暗に私がいつまでも中学生っぽいと言ってるわけなの？

弟の部屋でブラジャー(こんなもの)を見つけても頭ごなしに怒鳴らないくらい温和な私も、とうとうプツンと来た。

「せっかく高等科へ上がったのに、なんでまたわざわざ弟とお揃(そろ)いの制服を着て、中学生に戻らなきゃならないのよー！」

遊園地にでも誘うように楽しげな六区にブラジャーを投げつけ、私は家を飛び出したのだった。

そう、そもそも私は出かけるところだったのだ。

自転車で少し走った先に住んでいる同級生の家へ、一緒に宿題をやりに。

約束の時間より少し遅れて、私は目的地に到着した。

幼稚園からの幼なじみ、白鳥律夏(しらとりりつか)——りっちゃんの家は、駅前商店街の中にあるケーキ屋さんである。お店はミルクチョコレート色のレンガ造りで、ビターチョコレート色の看板に白い文字で《洋菓子の店　白い鳥》と書かれている。

りっちゃん家(ち)の一番人気は定番のイチゴショート。濃厚チーズケーキや、当たりが出たら好きなケーキを一個もらえるフォーチュンクッキーも人気だ。

一階が店舗、二階が白鳥家の住居になっており、私はいつものように店の様子を横目に覗いてから脇を回って、二階へ直接繋(つな)がる階段を上った。

「いらっしゃい」

玄関で出迎えてくれたりっちゃんは、子供の頃から黒縁眼鏡にボブカットがトレードマークで、私よりも小柄だけれど私より頭はいい。一緒に宿題をやるというより、教えてもらいに来たと言った方が正しいかもしれない。しかも、ここへ来ればおやつにケーキを出してもらえるので、それも嬉(うれ)しい。

一頻り宿題をやっつけたあとは、お楽しみのケーキ（今日はブルーベリーチーズケーキだった）を食べながら、テレビを見る。

りっちゃん家は時代劇専門チャンネルを契約していて、私も遊びに来る度、生まれる前の時代劇をあれこれ見せてもらっている。なんとなく、今風のドラマよりも時代劇を見ている方が落ち着くのだ。

そのせいか、私もりっちゃんもボキャブラリーの端々(はしばし)が今時の女子高生っぽくないと言われることもあるけれど、気にしない。連日ワイドショーで取り上げられている芸能人の色恋沙汰(ざた)より、桃(もも)さんとつばめさんの関係がどうなるかの方がよっぽど気になるし。

といっても、今見ているのは『桃太郎侍(ももたろうざむらい)』ではなく、去年連続放送された番組の再放送なんだけど。

「はー……やっぱり円香遼壱は今一押しだわ」

と、テレビ画面を見つめながらりっちゃんが言う。

「見てよ、立って良し座って良し、所作のひとつひとつが決まること。なんて美々しい若侍。彼にはこのまま時代劇路線で行って欲しいもんだわ」

私もりっちゃんも流行りのイケメン俳優にはとんと疎いけれど、時代劇に出てくれれば顔を覚えたりする。そもそもは戦隊ヒーローものでデビューしたらしい円香遼壱（二十六歳）は、最近時代劇の出演が多く、私も結構気に入っている人だ。

「そういえば、円香遼壱の実家って老舗の和菓子屋だとか」

ハイビジョンのドアップに耐えられる円香遼壱の端整な貌を見ながら、りっちゃんがぽつりと言う。

「へえ～。生まれながらに和風なんだね。じゃあほんとに時代劇が合ってるのかも」

「ケーキ屋の娘の私とはロミオとジュリエットよ。許されぬ恋だわ」

はあ、と切なげにため息をつくりっちゃんを、私は意外な思いで見た。

「え、りっちゃん、そんなため息ついちゃうくらい円香遼壱に本気なの?」

りっちゃんは小さい頃からクールで、色恋沙汰に一切興味がなく、もちろん芸能人を恋愛対象にするタイプじゃないと思ってたんだけど。

目をぱちぱちさせている私に、りっちゃんは肩を竦めて笑った。

「冗談よ。うちはお兄ちゃんがアレだから、私がこの家を継がなきゃならない可能性大だし、和菓子屋の長男なんか絶対婿にもらえないし」

円香遼壱って長男なんだ。ああ、名前に『壱』って入ってるしね。ていうかりっちゃん、あんまり冗談に思えないくらい本気で考えてる気もするけど……。

「そういえば、恭平さんは？　今日はお店にいなかったみたいだけど」

なんとなく突っ込み過ぎるのが怖くて、私は話を変えた。

恭平というのはりっちゃんのお兄さんだ。齢は二十五歳。街でも評判のイケメンで、パティシエとして実家で働いているのだけれど、さっきちらりと店の中を覗いた時、恭平さんの姿はなかった。

「お兄ちゃんなら、また駆け落ちしたわ」

りっちゃんはクールにさらりと答えた。

「また？」

私も、驚くというよりは、呆れが強い気分で訊き返す。

そうだ、りっちゃんには困った弟ならぬ困った兄がいるのだ。

なぜ「また」なのかというと、これがもう何度目かもわからない駆け落ちだから。初めての駆け落ちは幼稚園の年中さんの時、以来様々な相手と何度となく駆け落ちを繰り返しているという、りっちゃんのお兄さんは筋金入りの駆け落ち体質なのである（そんな体質があるのか知らないけど）。

「昨日、『捜さないでください』って書き置きを残して消えたわ。ま、言われなくても捜さないけどね。いつものことだし」

「ちなみに、相手は？」

「さあ。どうせまたすぐ振られて帰ってくるだろうし、相手のことなんて知るだけ無駄よ」

うーん、クール。これが本来のりっちゃんだ。

普通は、一生のうちに一度も駆け落ちなんてしない人の方が多いのに、それを何度も繰り返す、エネルギー消費の激しい生き方をしているのが恭平さんという人である。

兄が情熱のままに生きる性格なので、齢の離れた妹には、己を律して生きるよう名前に『律』の字を入れ、夏生まれのりっちゃんは『律夏』と名付けられたらしい。両親の願いが通じて、りっちゃんは兄の駆け落ち程度では動じない性格に育った。

そんなりっちゃんが、芸能人に惚れ込み始めてるみたいなのがちょっと意外だけど——と思いつつ、

「そっかー。恭平さん、また駆け落ちか……」

私はチーズケーキの最後の一口を食べて頷(うなず)いた。

このケーキ、甘さ控えめだと思ったんだ。作ったのは恭平さんじゃなくて、りっちゃんのお父さんかな。

恭平さんの作るケーキは基本的に甘めで、しかも恋をすると砂糖の量が増えて異様に甘くなる。ケーキがだんだん甘くなってくると、駆け落ちまでのカウントダウンが始まったな――と常連客はその後の展開を見抜けるほどである。

「恭平さんて、優しくてまめだしイケメンだしで、いつでもどこでもすぐに恋の花が咲いちゃうのかなあ……」

我が家では家族の誕生日ケーキはりっちゃん家で買うことにしているけれど、予約をしておくと、いつも恭平さんがオマケのお菓子やプレゼントを添えてくれる。一見(いちげん)のお客さんが何かの記念日だと聞いても同じである。何だったら、イートインでケーキのやけ食いをしている女の子の恋愛相談にも乗っている。そして数日後、なぜかその女の子と駆け落ちしていたりする。

「私にはあの兄が理解出来ないわ。もっとも理解したいとも思わないから、とりあえず警察のお世話になったり、家族(こっち)にとばっちりが来るような相手だけは避けてくれれば、それでいいわよ」

うーん、飽くまでクール。

そういえば、恭平さんは今までいろんな事情の相手と駆け落ちを繰り返してるけど、その割に、相手側の家族と揉めて警察沙汰になったという話は聞いたことがない。恭平さんの人徳がそうさせるのか、それが駆け落ちのプロのテクニックなのか。

実の妹のりっちゃんが「理解出来ない」と言ってるんだから、他人の私に恭平さんの不思議が理解出来なくても当然かもしれないけれど——。

「——ねえ、りっちゃん。ところでさ」

困った兄弟を持つ者同士、私はふと思いついて訊いてみた。

「明日、中等科で映画のロケがあって、エキストラの女子が足りないんだって。六区に誘われたんだけど、りっちゃんもどう?」

「現代学園もの? そういうジャンルには興味ないから、遠慮しとくわ」

りっちゃんはあっさり首を横に振ってから、テレビ画面の円香遼壱を見遣った。

「それに、明日もこれ見たいしね」

こういう、気が乗らなくても友達だから義理で付き合う……みたいなところがない正直さもりっちゃんの長所である。だから私も、無理に誘う気はなく、素直に引き下がった。

「なに、ココは行くの？　中学生役なんでしょ？」

「行きたいわけじゃないけど……」

　私は渋い顔で唸った。

「もちろん私だって、映画自体に特別興味はないけどさ。でも、あの美少女過ぎる弟を芸能関係の現場で野放しにするのは怖いじゃない」

　これまでも、六区はちょっと人通りの多いところを歩くだけで、たくさんの芸能事務所のスカウトに遭ってきた。普段の姿でも女の子の姿でも。

　普段の時は、そういう手合いには素っ気なく対応するからまだいい。けれど女装中は悪ノリする嫌いがある。本当の性別を言わずに家までスカウトの人を連れて来たことは何度もあるし、怪しい画家だの写真家だののモデルを引き受けて惚れ込まれ、監禁紛いの目に遭ったこともある。それでも懲りないのがあの弟なのだ。

　元々六区は無駄に好奇心が強く、何にでも首を突っ込みたがる。映画の撮影、芸能人がうろついている場所、自分は女装中――そんなシチュエーションで、六区の好奇心や悪戯心が疼かないわけがない。

　男だとばらさないまま、勝手に芸能事務所とおかしな約束をしちゃったらどうしようとか、役者さんやスタッフの人と何かトラブルを起こさないかとか、私の見ていないところで女装の弟が何をしでかすかと気を揉み続けるくらいなら、一緒に行った方がよっぽど精神衛生的にいい気がするだけだ。

「ココはさ、ちょっと弟に過保護過ぎじゃない？」

「そう、かなぁ……？」

否定もしきれず、さりとて過保護を認めるのも悔しい気持ちで、私はくちびるを軽く尖らせた。

私はりっちゃんみたいに、兄弟の問題にはノータッチ、と割り切れない。それは、『兄』と『弟』の違いもあるとは思う。私が六区の妹で、六区が成人した兄だったなら、放置でもいい。けれど、六区がまだ中学生の弟である以上、姉としては弟の行動に責任がある。

そう考えてしまうのだ――。

黒薔薇帝国の黄昏

翌朝、六区はしっかり女子の制服を着て朝ごはんを食べていた。

髪型は男の子の状態から何も変えていないし、化粧をしているわけでもない。ただスカートを穿いているだけで、超絶美少女にしか見えなくなるのがすごい。

そんな息子に、至って普通に接している母については、もう何を言う気も起きない。父もきっと、息子の姿に取り立てて文句を言うでもなく仕事へ出かけて行ったのだろう。うちの親は息子の悪趣味に寛容過ぎる。

朝から疲れた気分になっている私に、六区が元気に挨拶する。

「ココちゃん、おはよー。晴れてよかったね」

結局私もエキストラに付き合うことになったので、去年まで着ていた中等科の制服を引っ張り出してきた。

鷺ノ院の女子制服はセーラーデザイン。襟のラインは白一本で、ネクタイが赤なのは中等科も高等科も同じだけれど、襟の色が中等科は濃い群青色、高等科はシックな茶色だ。ちなみに男子は中高とも詰襟で、正直六区にはセーラー服の方が似合っていることは紛れもない事実だった。

「それで？　今日は現場でまた着替えるパターン？」

私も朝ごはんを食べながら確認すると、六区が頭を振った。

「映画の原作者が鷺ノ院の卒業生で、元々うちの制服をモデルに作品が書かれてるから、今回は各自、自分の制服のままでいいんだよ」

「へぇ、そうなんだ」

以前、漫画原作のドラマロケがあった時は、漫画に描かれている制服と同じものがエキストラの生徒にも用意されて、着替えさせられたことがある。それに比べたら、今回は楽だ。

「でもあんたの場合、それ自分の制服じゃないでしょうに！」

私が突っ込むと、六区は悪怯れない顔で答える。

「今日は一日、女子で通すんだから、これが僕の制服だよ。それに、今までだって何度か、この制服借りてるしね」

六区が頼めば、いつでもどんな衣装でも貸してくれる演劇部が恨めしい。

「もう……。本当は私だって、エキストラなんかに出かけるより、りっちゃん家で再放送の時代劇見てる方がよかったんだからね」

　愚痴りながらトーストを齧る私に、お母さんが声をかけてくる。

「そういえば、最近時代劇チャンネルで円香遼壱特集やってるとかって聞いたけど」

「そう、それ。そのせいか、りっちゃんが結構な円香遼壱ファンになっちゃってて」

「わかるー。和服の似合うイケメンだもんね、彼。実家の和菓子屋で若旦那やってるのも似合いそう」

「あれ、お母さんも知ってるの？　円香遼壱の実家が和菓子屋って話、有名なんだね」

「前に何かのバラエティ番組で言ってたのよ。だから実は甘党で餡子大好きだ、って。それで、今日撮影の映画には円香遼壱は出ないの？」

「さあ……。出るなら今からでもりっちゃんを呼べば来るかもしれないけど、中学校が舞台の学園ものだし、出ないよね？」

　私の問いに、六区はこっくりと頷いた。

「出ないよ。設定がどうこう以前に、主役やヒロインの事務所と円香遼壱の事務所は犬猿の仲だからね。基本的に共演ＮＧだよ」

「ふぅん、そうなんだ」

芸能人の所属事務所問題なんて興味がない私からすれば、この弟は妙なことに詳しいなあと思っていると、六区は面白くなさそうな顔で訊いてきた。

「ねえ、ココちゃんも好きなの？　円香遼壱」

「そりゃ……好きな方かもね。チャラチャラしてないし、顔が綺麗だからってただの悪趣味で女装もしそうにないし」

その時、ダイニングのテレビからシャララ～ンと鈴の音が響いた。

「あ、マダム千本木の今日の占いだ！」

六区がテレビの方に顔を向ける。

テレビ画面には、丸い身体に丸い顔、真っ白い化粧で素顔が想像もつかないおばさんが、紫色のローブ姿に大きな水晶玉を持って現れた。マダム千本木という、有名占い師である。

朝の情報番組内にあるこの占いコーナーは、マダムが現れる演出は毎回同じＶＴＲで、その後に女子アナが読み上げる今日の占いが発表される。このコーナーの変わっているところは、誰にでも当て嵌まる星座とか血液型占いではなく、ごくごく一部の人向けの占いでしかないことだ。

『マダム千本木の、今日のピックアップ占い！　名前に《コ》と《マ》の付く人の、今日のラッキーアイテムは《セーラー服》！　ではまた明日！』

毎日こんな感じで、ピックアップにも程がある。一体どれだけの人の朝の参考になっているのか、疑問でならない。

けれど六区は、さっきの不機嫌顔から一転、白い頬を上気させて私を見る。

「すごいじゃん。僕も名字にマがひとつあるけど、ココちゃんはサギヌマココで《コ》と《マ》が足して三つあるから、今日は制服を着て出かければ大大大ラッキーだよ！」

「……」

何が可愛いと言って、楽しげに興奮した様子の六区ほど美少女ぶりを発揮するものはない。そして美少女六区が可愛いほど、私は疲れた気持ちになる。

制服のネクタイをつまんだ私は、大きくため息をついた。

今日、日本中の《コ》と《マ》の付く人にセーラー服がどれほどラッキーなアイテムであっても、冷やかし女装の弟と一緒というマイナス∞(無限大)な時点で、私にラッキーは起きようがないと思う――。

そんなこんなで、ため息が止まらない私はご機嫌な弟と共に学校へ向かった。

最寄り駅から電車に乗り、六区から借りた映画の原作小説を開く。参加する以上は、内容を少し把握しておこうと思ったわけだけど、実は昨夜から読み始めているのに、ストーリーが全然頭に入って来ない。

どうにも本に集中出来ないまま、途中で停まった駅でふと顔を上げると、窓の向こう、向かい側のホームに知っている顔を見つけた。……ような気がした。

「あれ……恭平さん?」

すらっと背が高くて小顔のイケメン——りっちゃんのお兄さんがいたと思ったのだけれど、そこへちょうど電車が入ってきたので視界を遮られ、もう見えなくなってしまった。

「どしたの、ココちゃん」

隣から六区が訊ねてくる。

「うん……向こうのホームに恭平さんがいたような気がしたんだけど。でも、一昨日からまた駆け落ち中だって言うし、人違いかなあ。それともさっそく振られたのかな」

「へえ。恭平さん、また駆け落ちしたんだ。そういえば、最近また《白い鳥》のケーキが甘々になってきたってクラスの誰かが言ってたっけ。——まあそうだね、最速パターンなら、もう振られて帰ってきてもおかしくないかもね」

冷静に考えれば、人のお兄さんを摑まえて散々なことを言いながら、私たちは学校の最寄り駅で電車を降りた。

鷺ノ院学園中等科の校門を潜ると、映画の撮影準備は疾うに始められており、いろんな機材を積んだ車や、たくさんのスタッフが走り回り、夏休みの学校だというのに構内はとても賑(にぎ)やかだった。エキストラの生徒も続々集まってきている。

「はーい！　生徒さんはこちらでーす！　出番までもうしばらくお待ちくださーい！」

拡声器を持ったスタッフの人が、生徒たちを待機場所となっている空き教室へ案内する。

そこでは、有志エキストラの生徒がおとなしく談笑していた。鷺ノ院生はこの手のロケに慣れている上に、育ちの良い人が多いので、構内を芸能人がうろついているからといってさほどに騒がないのである。

「あら、ろっくん。今日も完璧な女子中学生！」

「可愛いわー、今日はどれだけスカウトされるかしらね」

六区を見つけた同級生の女子が声をかけてくる。女の子たちの輪に入って一緒にきゃいきゃいしている六区は、もうまるっきり女の子にしか見えない。

「私、明日から家族でバカンスなのよ。その前にろっくんの可愛い姿が見られてよかったー！」

「私も明後日から旅行。ろっくん、お土産(みやげ)何がいい？」

女子たちにはろっくんろっくんと呼ばれて可愛がられ、

「おー、今日もどうかしてるくらい可愛いなー、六区」

「その路線、限界までやり抜けよー！　可愛いは正義だからな！」

男子たちにも可愛い可愛いと持て囃（はや）される――それが我が弟。……この学校、どうかしている。

そりゃあ別に、女装が趣味の変人だといって弟が虐（いじ）められればいいと思っているわけではない。そうではないけれど、あんまり好意的に扱われるのも、何か違う気がするではないか。

ただ、こうやって女装六区が可愛がられる光景を見る度、複雑な気持ちで唸りたくなるものの、よく考えてみれば、そもそも私たち姉弟がこの学校に通っていること自体、どうかしているような事情によるのだった。

幼稚園から大学まで一貫教育の私立鷺ノ院学園は、基本的に所得の多い家のお子様が通うお金持ち学校である。だから都下郊外に持つ学園の敷地も広大で、構内施設も立派だ。そんな学校に、父は普通の会社員、母はパート勤めという一般庶民（しょみん）の私たち姉弟がなぜ通っているのかというと、《鳥入学制度》というもののおかげである。

何でも、鷺ノ院の創立者である某資産家の当主はその昔、鳥に救（たす）けられたことがあるのだという。その恩返しのため、所得や家柄に拠（よ）らず名前に鳥が付く者を積極的に入学させる枠を作り、補助金まで出すという制度を作った。

ご当主を救けたのは鷺だったとのことで（だから校名にも《鷺》が付いているらしい）、鳥は鳥でも名前に《鷺》が付いているのは大当たり枠。鷺沼という姓を持つ私たち姉弟は、最大級の補助金を約束されて鷺ノ院へ入学したというわけである。

嘘みたいな制度だけれど、鷺ノ院の姉妹校には、山入学や川入学、色入学などの制度を持つ学校が名を連ねているので、案外こういう道楽（慈善？）をする私立学校経営者は多いのかもしれない。

ちなみに、白鳥という姓を持つりりっちゃんも鳥入学仲間である。小学校までは同じ公立で、中学からは一緒に鷺ノ院へ入った。要は、家計を助けるために補助金をもらえる学校へ進んだ仲間、とも言える。

だから、夏休みは豪勢に海外でバカンス、と仰るような方々と私たちは違う。学園生活の中で、鳥入学生と普通入学生が区別されているわけでも差別されているわけでもないけれど、なんとなく、感覚の違いというものは肌で感じてしまうものだ。

――つまるところ、私には六区の趣味を面白がるだけの心の余裕がない、ということなのかもしれない。遊び心のあり方が、庶民とお金持ちでは違うのだろう（うちの両親が寛容なのは、あれはただ能天気なだけだ）。

そんなことを思いながら憮然としていると、

「あ、お姉様もお疲れ様です」

「やっぱり付き合わされたんですね」

と六区の同級生たちから声をかけられた。六区の女装も想定済みなら、私が付き合わされてくるのも想定済みらしい。

「弟がいつもお世話になっています」

私が下級生たちに殊勝に頭を下げた時、中等科の先生たちが教室へ入ってきて私を見つけた。

「あ、鷺沼（姉）！」

「一緒に来てくれたのね、よかった。弟の監督を頼んだわよ」

先生たちに肩を叩いて言われ、私は「頑張ります」と頭を下げた。

二年遅れて六区が入学して以来、私はこの学校では『鷺沼六区の姉』という存在だ。何かと目立つ六区はトラブルメーカーなので、同じ中等科に通っていた去年まで、私は弟が問題を起こす度に謝って回っていた。

「六区もなぁ……悪い子じゃないのはわかってるんだけどな。素直で可愛いしな」

「ただちょっと、好奇心が強過ぎるのと美少年過ぎるのがね――あ、今日は美少女過ぎるパターンか」

女の子たちときゃいきゃいしている六区を見遣り、先生たちは揃ってため息をついた。

美少年（美少女）過ぎて教師から迷惑がられるというのもすごい話だけれど、まあ先生たちの気持ちもわかる。立場的に、六区の同級生たちのように遊び心だけで六区を見るわけにもいかないのだから。

「今日は、六区が監督に見初められてヒロイン交代発言とか、そういう修羅場展開にならなきゃいいな……」

「去年のあの時は、降ろされそうになったアイドルの子が泣き喚いちゃって、大変だったものねぇ……」

先生たちが遠い目で思い出しているのは、去年、有名カメラマンによる美少女アイドルの写真集撮影が中等科校舎であった時、たまたま通り掛かった六区をカメラマンが一目で気に入り、アイドルの子を降ろして六区を撮りたいと言い出したという事件である。その時の六区は普通に男の子の姿だったのだけれど、女の子より可愛いと判断されたらしい。

何にでも興味を持つ六区は、写真集撮影を面白がって乗り気になり、それを見たアイドルは泣き喚き、今さら写真集の主役を変えるわけにはいかないからと関係者が必死でカメラマンを説得する中、私もその場へ呼びつけられて、六区がこの話を辞退するよう説得しろと頼まれた。

散々大騒ぎして、なんとか写真集の撮影は当初予定した形に戻った。

六区は、たまたま休み時間にそこを通り掛かっただけで、自分からカメラマンに売り込みをかけたわけでもなんでもない。六区に悪気がないことは、私も先生たちもわかっている。けれど何の他意もなくても、通り掛かり場所が悪いと、無駄な騒ぎを起こしてしまうのが六区のトラブルメーカーたる所以（ゆえん）なのだ。

「鷺沼（姉）。出来るだけ六区が目立たないように頼むな」

「まあ、あの光り輝く美貌を隠すのは大変だと思うけど、出来るだけお願いね」

六区自身には何も言わず、私にだけ注意をして先生たちは去って行った。

――うん。まあね、自分がトラブルメーカーだって自覚がない人間に何を言っても無駄だしね。先生たちもわかってるわ。

私は身内だからまだ免疫があるものの、これが他人となると、六区の天使の美貌でうるうる瞳を潤ませて「僕、何か悪いことをしましたか？」なんて言われた日には、「とんでもない！」と首をぶんぶん振って無罪放免する以外、何が出来るだろう――ということだ。

だからといって六区が原因でトラブルが起きてしまったら、六区自身にまったく注意をしないわけにもいかないし、でも可愛過ぎて強く叱（しか）れないしで、だったら初めから問題を起こさないでいて欲しい――と先生たちは切に願うのだろう。

まあ、六区自身は、今回も別に目立つつもりはないのだとは思う。

いっそ、女装して映画のエキストラに参加しようとする理由が、目立ちたいからとか、スカウトされたいからという理由だったら、まだ子供らしい健全さがある。でも六区はそうじゃない。実は僕は男の子なんだよ、わからないでしょう——と内心でほくそ笑みながら、女の子としてエキストラに紛れ込んでいる状態を楽しみたいのだ。

誰に迷惑をかけるわけでもない、悪気でもないかもしれないけれど、これを悪趣味と言わずして何と言うのか——。


相変わらず女の子たちときゃいきゃいしている六区を横目で監視しながら、私はひとつため息をつき、読みかけの原作小説を取り出した。

黒い表紙に、艶（つや）消しの銀文字で『黒薔薇（くろばら）帝国の黄昏（たそがれ）』とタイトルが入っている。

奥付に載っている著者プロフィールによると、作者の北礼院亜里沙（ほくれいいんありさ）は五年前、中学二年生（鷺ノ院中等科）の時にこの作品でデビューしたらしい。

物語の主人公は、平凡な中学生男子。ある日学校に異世界との通路が開き、特別な使命に目覚めた主人公が、こちらの世界と異世界とを行き来しながら活躍するというお話だ。

現実とファンタジーが入り混じった複雑な物語で、どうにも私には理解が難しい。単純な勧善懲悪の時代劇や、努力と根性のスポーツものだったらよかったのに、やたら設定と人間関係が入り組んでいて、登場人物も多く、読めば読むほど頭がこんがらがってくる。

黒薔薇しか食べられない人々が住む国の皇子、漆黒の軍服を纏った姫君、呪われた隻眼の騎士、禁断の魔法を編み出した異端の魔術師——そういった癖のある登場人物たちがそれぞれに必殺技を持ち、二つ名を持ち、どれが誰の何だったかがわからなくなり、いちいち前のページに戻るせいでなかなか読み進まないというのもある。

でもまあ、確かに中学二年生が書いたお話だなあという感じだけはよく伝わってくる。登場人物たちの無駄に字画の多い漢字名前や長ったらしいカタカナ名前、やたら大げさな表現、盛り過ぎな設定、陶酔的な文章、悲劇的な展開。私にはあまりのめり込める雰囲気ではないけれど、六区はきっとこういうのが大好きだろう。

やっと半分くらいまで読んだところへ、六区が寄ってきて私の手元を覗き込んだ。

「あ、結構進んだね。面白いでしょ。これ、アニメ化や舞台化もされてるんだよ。そして今回、満を持しての実写映画化なんだ」

「……話はよくわからないけど、要するに今日はモブが必要な学校でのシーンを撮る日なんだな、ということはわかった」

「もう、ココちゃんはファンタジー音痴なんだからなあ」

六区は女の子ぶって可愛く口を尖らせる。それを無視して、私は周りを見回した。

「モブといえば、なかなか生徒エキストラにお呼びがかからないけど、他の場面が長引いてるのかな？」

行きつ戻りつ、ここでそれなりに本を読み進んだということは、それなりの時間が経過しているということだ。六区も首を傾げる。

「そういえば、待ち時間が長いね。どうしたんだろう」

そこへ、スタッフの人が顔を見せて、段取りが変わったのでもう少し待機していて欲しいと告げた。

「段取りが変わった……？」

六区は興味深そうにつぶやき、教室の窓から外を見遣った。私もそれに倣うと、さっき私たちが来た時よりもさらに人や物が動き回り、バタバタしている現場の様子が見えた。

「何かあったみたいだね」

キラリ、と六区の瞳が光る。好奇心スイッチが入ったのを察し、私は急いで話を逸らそうと口を開きかけたけれど、それを遮るように、トイレに行って戻ってきた女子たちが六区に話しかけた。

「ねえねえ、周りがバタバタし始めたから気になって、ちょっと偵察してきたんだけど。

ヒロインが予定の時間に到着しなくて、その辺の撮影の段取りを変えるみたい。なんか本人と連絡も付かないみたいで、マネージャーさんだけが来てて謝って回ってた」

「ヒロインが？」

この物語のヒロインというと——私は本に目を落とした。

「ヒロインって、この黒薔薇帝国のプリンセス？」

私が訊ねると、六区が頷いた。

「うん。アイドルの緋田マドカがやるんだって」

「緋田マドカというと——」

「そう、『恋のドッキン♡禁止法』の」

あんまりアイドルに詳しくはない私だけれど、数年前のデビュー曲に結構なインパクトがあったので、この人のことは一応顔と名前を認識している。

緋田マドカ（二十一歳）は、可愛い系というより綺麗系のアイドルで、そういうタイプの人がミニスカートで「ドッキン♡」「ドッキン♡」と歌いまくる姿がシュール過ぎて、当時はしばらくサビの歌詞が脳裏を離れなくなったほどだった。

長身で綺麗な人だから、デビュー曲のあの衣装より、長い銀髪に漆黒の軍服を着た黒薔薇プリンセス役はとても似合いそうだ。今日は、帝国で生命を狙われたプリンセスがこっちの世界へ逃げてきた場面を撮る予定だったのかな。

来ていないと聞くと見てみたくなるもので、つい私も「どうしたのかな」とつぶやいてしまった。それを耳聡く拾った六区が大きく頷く。

「気になるよね。僕もちょっと様子を見てくる」

「えっ、ちょっと、六区……！」

素早く身を翻して教室を飛び出す六区を、私も慌てて追いかけた。廊下を走りながら話しかける。

「どうしたのかなとは思ったけど、別にそんな大事件とかじゃないでしょ？　どこかで渋滞に摑まって移動が遅れてるとか、そういうことじゃないの？」

「でもマネージャーはこの現場にいるんだよね。で、緋田マドカとは連絡が付かない――何か事件の匂いがするよ」

「しないしない、たまたま別行動で、たまたま携帯の電波が悪かったとかでしょ。事件なんかじゃないよきっと！」

一生懸命引き留めようとする私の手を、六区は身軽に躱して駆けてゆく。

途中、どこかの芸能事務所の人に六区がスカウトされること数回、それを私は姉の権限で片っ端から断った。ファンタジーチックな服装の出演者らしき人たちが屯している一角

を通り掛かれば、大道具や撮影機材の用意をしているスタッフたちが、

「チッ、古傷が痛み出しやがった。何かが蠢いているのを感じる……」

「今日は俺の第三の目が開きそうな予感がする。因縁の闇に囚われるな――」

「風が滾ってるな。フッ――今日はアツい撮影になりそうだぜ」

などと苦み走った表情で言い合っている。何のことやらわからない。

――この映画、原作者だけじゃなくてスタッフも中学二年生なのかな……。

そんなことを思いながら六区を追いかけ続け、やがて、校庭の片隅で大勢の人たちにペコペコ頭を下げて回っている若い男性を見つけた。

「あれが緋田マドカのマネージャーかな」

六区がぴたりと足を止め、近くに停まっているロケバスの陰に隠れた。

耳を澄ますと、「うちの緋田が申し訳ありません」と謝っている声が聞こえ、確かにあの人が緋田マドカのマネージャーのようだ。

一通り謝罪行脚を続けたマネージャーは、見るからに疲れ切った足取りで、校舎裏の人気のない方へと歩いてゆく。それを六区がこっそり追いかけるので、仕方なく私もくっついて行った。

校舎裏の雑木林に足を踏み入れたマネージャーは、一際大きな木の陰に隠れて誰かに電

話をかけ始めた。私たちも近くの木の陰に身を潜め、行きがかり上、盗み聞きをする格好になった。

「そう――そうなんです――ええ、そう、一昨日から――連絡が――」

気弱そうなマネージャーの声が途切れ途切れに聞こえる。

元より電話の相手の声はこちらに聞こえないので、マネージャーの言葉だけから会話の内容を摑むのは難しい。ただ、一昨日から緋田マドカが行方不明らしいことはなんとなくわかった。でもそれ以外のことがよくわからない。

「そうですか――京都――マドカは普通に仕事をしている……。じゃあ、マドカはどこへ――ええ、マドカは餡子が嫌いなんです――生クリーム命で――ええ、ええ、最近、自棄になったみたいにケーキばかり――叱ったのですが――まさかケーキを止められたせいで――いえ、やはりマドカが何か――」

頻りにマドカがマドカがと言っているけれど、話の筋が摑めない。

京都でマドカは仕事をしている？　でも、どこへ行ったのかわからず連絡が付かない？　ってどういうこと？　餡子が嫌いで生クリームが好き？　ケーキの食べ過ぎを叱ったから拗ねて仕事をボイコット？　まさか、アイドルを職業にする人がそんなことで――。

混乱する私の横で、六区はじっと何かを考えていたかと思うと、不意に顔を上げてにこっと笑った。

「大体の経緯(いきさつ)はわかったよ」

「えっ」

今の話から一体、どんな経緯が導き出せたと？

驚く私の前で、六区は木の陰を出てマネージャーの前に歩み出た。そして、こう声をかけた。

「マネージャーさん。緋田マドカさんの居場所、知りたいですか？」

ジュリエットの駆け落ち

突然現れた女子中学生に奇妙なことを言われ、緋田マドカのマネージャーは一瞬きょとんとしたあと、慌ててぶんぶん首を振った。

「――な、何のことかわからないな。君、エキストラの子？　待機場所にいなきゃ、だ、駄目じゃないか」

そう言いながらも、目は忙しなく動き、手足を落ち着きなく揺らし、どう見てもこの人、極度にテンパっている。対して六区の方は、落ち着き払った態度で一歩また一歩とマネージャーに近づき、話しかける。まるで犯人を断崖に追い詰める刑事のようだ。

「緋田マドカさん、行方不明なんですよね？　今、彼女が誰とどこにいるのか、心当たりがあります」

「だ、誰と……？　誰かと一緒にいるのか……!?」

「ええ、マドカさんは駆け落ちしたんですよ」

「かっ――かかか、駆け落ち!?」

マネージャーは飛び上がって驚き、泡を噴かんばかりに慌てふためいた。

「そ、そんな、じゃあやっぱり、マドカはマ――」

何かを言いかけ、マネージャーは慌てて口を押さえた。そして六区に訊ねる。

「どっ、どうして君にそんなことが？　君はどこかでマドカを見たのかい？」

「見たわけじゃありませんが、推理をしたらわかっただけです」

「推理……？」

マネージャーは訝しげな顔で、六区の傍らにいる私を見た。まるで、この状況の説明をしてくれ、と言われているようで、私は気が進まないながらも口を開いた。

「あの、私はこの子の姉で……えっと、偶然、ここを通り掛かって、電話の話し声を聞いてしまって、そしたらこの子が飛び出してしまって――」

推理などと言っているが、私に言わせれば六区のそれはただの『妄想』である。少女漫画好きが高じて、見るもの聞くものなんでもラブ絡みの物語に仕立て上げてしまう病気だ。どうせ今回もその悪い癖が出て、アイドルが駆け落ちしたなんてとんでもない妄想を膨らませたに違いない。

この子の言うことは真面目に取り合うだけ損ですよ――と言ってやろうとした時、六区が先に口を開いた。

「マドカさんの駆け落ち相手は、白鳥恭平さん。洋菓子店で働くパティシエです」

「えぇっ!?」

私は思わず大声で驚いてしまい、マネージャーも驚きはしたものの、すぐになぜか納得したような表情になり、「やっぱり……」とつぶやいた。

――え、やっぱりって何？　緋田マドカと恭平さんが駆け落ちしたって、嘘でしょ!?　六区のただの妄想でしょう――!?


ここでこれ以上の話をするのは何だからと、六区は校舎の中の空き教室を見つけて、そこに私とマネージャーを連れ込んだ。そうして改めて口を開いた。

「マドカさんが駆け落ちした相手は恭平さんで間違いないと思いますが、けれどマドカさんの本命は別にいる――というのも事実だと思います。それがこの事件の根っこです」

もったいぶった物言いをする六区に、私は詳しい説明を求めた。

「どういうこと？　なんで恭平さんの名前がここに出てくるの？　恭平さんは一昨日からすでに駆け落ち中だし――」

「だから、マドカさんも一昨日から行方不明なんでしょ。恭平さんと駆け落ちしたからだよ」

「どうしてそう言い切れるのか、ってことよ。街のケーキ屋さんで働く恭平さんと、アイドルの緋田マドカに接点なんてある？」

「あの……」

姉弟で言い合い始めた私たちに、マネージャーがおずおずと口を挟んでくる。

「君たちは、その、白鳥恭平という男と知り合いなのかい？　その男は一体――」

「あー……えっと……」

恭平さんのことを知らない人に説明するには、少し時間をもらわなければならない。

「あのですね、白鳥恭平さんというのは、私の幼なじみのお兄さんなんですけど――」

《洋菓子の店　白い鳥》の息子・白鳥恭平（二十五歳）は、イケメンパティシエにして超恋愛体質の持ち主。

いつでもどこでも優しい人で、女の子に「この人は私にだけ優しい、私のことを想ってくれている」と勘違いされやすい。そして恭平さんも恭平さんで、簡単に「この娘が自分の運命の相手かも！」と思い込んでしまう性格なので、すぐにふたりの間に愛の炎が燃え上がり、ふたりだけの世界へ行こう――と手に手を取っての駆け落ちに発展する。

自分も勘違いするし、相手からも勘違いされる、恭平さんは言うなれば《双方向性勘違い恋愛体質》なのだ。

でも最終的には、いつも恭平さんが振られて駆け落ちは終わる。

なぜか恭平さんの駆け落ち相手はいつも、本命が別にいるのだ。本命との関係がうまくいかなくて悩んでいるところに、恭平さんが優しい態度を取るものだから、この人の方がいいかも――と女の子がよろめいてしまうのだろう。

ところが、駆け落ちしてしばらく一緒にいると、恭平さんが優しいのは誰に対してもだということがわかり、一気に熱が冷めて、女の子は本命のもとへ帰ってしまうというのがお決まりのパターン。

ある意味、相手の恋を成就させるための盛り上げ要員として当て馬を務めてあげている、みたいなことになってしまうのが恭平さんの駆け落ちだ。けれど恭平さんは、それでも懲りずに運命の恋人を探し続ける愛の狩人なのだ。

事の顛末を家族も周囲も読み切っているので、ああまた駆け落ちしたのか、今度は何日で帰ってくるかな、相手の女の子が本命と幸せになれたらいいね、と思うくらいで、誰も心配しないし、捜索願など出しもしない。

そういう人と、アイドルの緋田マドカが駆け落ちした――と六区は主張しているわけである。

恭平さんの駆け落ち自体は日常茶飯事だけれど、その相手がアイドルとなると、ちょっと『いつものこと』と言うには話が大き過ぎるし、適当な想像で口にしていいことではないと思う。

難しい顔で恭平さんの人となりを解説した私に対し、マネージャーは張りのない声でぼそぼそと言った。

「……やっぱり……最近マドカは同じ店のケーキばかり買ってきて、紙袋にプリントされていた店の名前は《白い鳥》とかそんな名前だった……」

「え」

緋田マドカは《白い鳥》のお客さんだった?

「そのケーキ屋さんの紙袋って、レンガ色の地に白い鳥が飛んでるデザインですか?」

私の問いに、マネージャーは頷いた。

「そう、そんな感じだったと思う……」

恭平さんと緋田マドカには接点があった……!?

私は思わず六区の顔を見た。六区は涼しい表情で口を開く。

「やっぱりそうでしたか。さっきの電話の話で、最近マドカさんがケーキばかり食べているというのを聞いて、ピンと来たんです」

「ピンと来たって……」

アイドルがケーキに嵌まってる話と、知り合いのイケメンパティシエとを瞬時に結びつけるとは、この弟はどういう思考回路をしているのか。

呆れる私の前で六区は得々と続ける。

「マドカさんは最近、頻繁に《白い鳥》のケーキを買っていた。一方、恭平さんの作る《白い鳥》のケーキは最近、日を増すごとに甘くなっていたという話を友達から聞いています。それは恭平さんが新たな恋をしたことを示します。こうなると、ふたりが駆け落ちしたのではないかという推理は、そう突飛なものではありません。そして過去の例に倣えば、恭平さんのお相手には別に本命がいるのがお約束。マドカさんには元々、好きな人、あるいは恋人がいたと思われます」

六区はまた、断崖に犯人を追い詰めるような足取りでマネージャーに近づいた。

「あなたは、マドカさんの恋人を知っていますね？」

妙な迫力を纏う絶世の美少女に下から見上げられて問われ、気の弱そうなマネージャーはカチンと固まってしまった。

「もう、そんなにマネージャーさんを虐めないで、見当が付いてるなら言いなさいよ。緋田マドカの本命って誰？　有名な人なの？」

私としても、こうなったら六区の推理とやらを一応聞いてやろうと、先を促した。

六区は小さく肩を竦めて答える。

「ココちゃんも好きな、円香遼壱だよ」

「えぇっ？」

私が目を丸くする一方で、マネージャーは何かを観念したようにがくっと肩を落とした。

この反応は、六区の推理が当たっているということ？

「でも、一体全体、どこから円香遼壱なんて名前が出てくるの？」

「やだなあ、ココちゃん。ここまでの展開で、その名前が出てこない方がおかしいよ」

小馬鹿にするように言われ、むっとした。

確かに、昨日から私の周りではやたらと円香遼壱の話題が続いていたけれど、緋田マドカ絡みでその名前が出てくる理由がとんとわからない。

「さっきマネージャーさんが電話で話してたことから、わからないかなあ？　ていうか、あれがわかりにくく感じるのは、『マドカ』がひとりだと思うからだよ。あの会話には、緋田マドカの『マドカ』と、円香遼壱の『円香』、この二種類が交ざってたんだ。生クリーム命で最近ケーキばかり食べていて、一昨日から行方を晦ましてしまったのは緋田マドカ。餡子が命の和菓子屋の息子で、今、京都で普通に仕事をしているのは円香遼壱」

六区は左右の手の人差し指を立てながら説明する。

「マドカがふたり……？」

そう言われると、あの訳のわからないマネージャーの言葉も、意味がほどけてくるような気もする……？

「緋田マドカのマネージャーが、マドカさんが行方不明になったからといって、なぜ別の事務所の円香遼壱の動向を気にするのか？　それは、ふたりが特別な関係にあったからだと考えるのが自然だよね。でもふたりの事務所は仲が悪いことで有名。お互い、売れっ子ふたりの関係を知って、許すわけがない。──ということは、ロミオとジュリエットはどうなった？」

六区にしたり顔で訊ねられ、私は苦手な科目で指された生徒のような気分で答えた。

「事務所の命令で、別れさせられた……？」

「ピンポン」

良く出来ました、とにっこり笑ってみせてから六区はマネージャーに確認する。

「──ですよね？」

マネージャーは力なく頷いた。気弱そうだとはいえ、いい大人が、完全に六区に主導権を握られてしまっている。

「餡子嫌いなマドカさんは、それでも円香遼壱のために頑張って餡子も好きになろうとしていたのではないでしょうか。でも無理矢理彼と別れさせられ、餡子を好きになる必要もなくなってしまった。こうなったらもう、太ろうがなんだろうが、大好きな生クリームたっぷりのケーキを死ぬほど食べてやる――とやけ食いに走り、偶然入った洋菓子店でパティシエの恭平さんと出逢(であ)い、優しい性格の彼によろめいた……といったところかな」

「えぇ～……」

それが本当だったら、とてもりっちゃんには話せない。大好きな円香遼壱に恋人がいて、その恋人と自分の兄が駆け落ちしたなんて、修羅場過ぎる。

「ただ、恭平さんの性格とこれまでの行動パターンを鑑(かんが)みて、駆け落ちして三日目ともなれば、そろそろ振られて戻ってきてもおかしくはない頃合い。実際、ココちゃんは朝、恭平さんらしい人を駅で見かけたんだよね？」

「そういえば――そうだった！」

私は思い出して手を打った。

「恭平さんっぽい人が、ここへ来る途中の駅のホームに立ってた。私たちとは逆方向の電車に乗ったと思うけど、あれが本当に恭平さんだったなら、家に帰る途中だった……？今頃は家に戻ってる⁉」

私は急いでスマホを取り出し、りっちゃんにメッセージを送った。

『恭平さん、帰ってきた？』

『さっき帰ってきたけど、すぐにまた出て行った』

『どこに行ったかわかる？』

『さあ。店のクッキーを大量に抱えて飛び出してった。わけわかんない、あのバカ兄貴』

私は六区にスマホの画面を見せながら首を傾げた。

「どういうこと……？」

けれど六区は「やっぱりね」と言って頷いた。

「何がやっぱり？」

「恭平さんの性格的に、マドカさんの事情や本当の気持ちを聞いたら、何か協力してあげようとすると思うんだよね。彼女が円香遼壱と逢う手助けをするなり、すっぽかしてしまった仕事に戻る手助けをするなり――」

「まあ……恭平さんはそういう人だよね。お人好しというかなんというか」

「この辺をうろうろしていたなら、仕事の方だと思う。ココちゃんの目には恭平さんしか見えなかったけど、もしかして傍に変装したマドカさんもいたのかもしれない。ちゃんと仕事に戻るよう、付き添ってきたんじゃないかな」

「でも、だったらどうしてふたりは真っすぐこのロケ現場へ来ないの？　恭平さんだけ一度自分の家に帰って、クッキーを持ち出すって何？？」

私にはまだわからないことだらけだったけれど、マネージャーが少し息を吹き返した様子で言った。

「マドカは……この映画の仕事に力を入れていたんだ。黒薔薇プリンセスの役を喜んでいた。だから、まさか今日のロケをすっぽかすなんて思わず、ちょっと監視の目を緩めた隙に、姿を消してしまって――」

「大丈夫です。マドカさんも恭平さんも、すぐ近くにいますから」

「えっ」

私とマネージャーは声を揃えて六区を見た。そういえば、初めから六区は、緋田マドカの居場所に心当たりがある、と言っていたのだ。

「どこに？　マドカはどこに……!?」

マネージャーが六区に詰め寄った時、突然ガラッと教室の戸が開いた。

反射的に私たちはそちらへ顔を向けた。そして、現れた人物を見て、私はあんぐりと口を開けてしまった。

のしのしと教室に入ってきたのは、紫色のローブを纏って手に水晶玉を持った、丸い顔に丸い身体、真っ白い化粧で素顔が想像もつかないおばさん。朝の占いの人だ。

「――マダム千本木！」

マネージャーが深々と頭を下げる。

どうして占い師がこんなところに現れるんだろう？　しかも、緋田マドカのマネージャーは、どうして占い師にこんなに畏まった態度を取るんだろう？

訳がわからないでいる私に、六区がこそっとささやいた。

（マダム千本木は、いろんな分野の新人賞やオーディションの選考委員を務めてるんだよ。緋田マドカや円香遼壱もマダムの推しでオーディションに受かってデビューしたという話だし、今回の映画の原作者も、マダムに気に入られて新人賞の大賞を獲ったんだ。マダムのお眼鏡に適った新人は必ず売れると言われていて、芸能界でもドン的存在なんだよ）

えー……。そんなドラマみたいな話、本当にあるの……!?

（でも、だとしてもなんでその偉い占い師がここに現れるの？）

私たちがこそこそ話していると、マダムが黒に近いような口紅を塗ったくちびるを開いて言った。

「あたしもこの映画に、占い師役で特別出演するんだよ。原作者とヒロインのデビューに関わった身だからねえ、一肌脱いであげようと思ってね」

内緒話が聞こえていたのかと、私はばつの悪い思いで首を竦めた。

「し、しかし、マダム——学校でのロケにマダムの出番はないのでは——」

マネージャーの言葉に、マダムは手に持つ水晶玉を掲げて答える。

「今日はこの水晶玉に導かれて来たんだよ。あんたたち、ここで何やら面白そうな話をしていたんじゃないのかい？　あたしにも聞かせておくれ」

「お、面白そうな話と仰られても——」

そうでなくても混乱した事態の中へ、芸能界のドンの占い師が乱入してくるという滅茶苦茶な展開に、マネージャーはすっかり泣きそうになっている。私も対応に困って、言葉が何も出てこない。

するとマダムは私たちを無視して六区に歩み寄った。

「ふぅん……？　この子はまた、面白い星の下に生まれているねぇ……。男の子が、どうしてこんな恰好をしているんだい？」

「！」

一目で六区の女装を見破った人は初めてで、私は目を剝いてしまった。

外見的には完全無欠の美少女で、声だってまだ声変わりしていないから女の子でも通るのに、どうしてわかったの!?　水晶玉に六区の真実の姿が映ったとかなの？　この人、本当にすごい占い師なのかもしれない……!?

　私がマダムの眼力に恐れ入っていると、一方でマネージャーも派手に目を剝いていた。

「えぇっ？　君、男の子なのかい!?」

　六区はペロッと舌を出して頷き、小首を傾げて言う。

「すみません。エキストラに女子が足りないと聞いたので」

　仕種のいちいちが可愛いので、気の毒にもマネージャーの混乱は深まるばかりである。

「えぇっと――これは、もしかしてその、身体は男の子に生まれてしまったけれど、心は――みたいな……？」

　縋るようにこちらを見られ、私はきっぱりと頭を振った。

「いえ、別にそういった事情があるわけではなく、ただの趣味で女装しているだけですから お気遣いなく。何だったらこいつはそうやって驚かれることに快感を覚える悪趣味の持ち主なので、出来ればクールにスルーしてもらえた方が助かります」

「ただの趣味、悪趣味、って……」

　呆然とするマネージャーに、六区はもう興味を失ったらしく、マダムの方に擦り寄った。

「かくかくしかじかで、マドカさんの行方を捜しているんです。僕の推理では、すぐ近くにいると思うんですが――」

六区の相談を受けたマダムは、「近くで見ても本当に可愛い子だねえ……」と六区の天使の美貌にメロメロになりながら、水晶玉を覗き込んだ。

「ふむ――そうだね……あたしの水晶玉にも、マドカは近くにいると出ているね。イケメンパティシエもね」

本当に!?

六区の推理よりはマダムの水晶玉の方が信じられる気になっていた私は、意見の一致したふたりを交互に見比べた。マダムもそう言うということは、本当に恭平さんとマドカさんはこの近くまで来ているの？

「僕の推理では、恭平さんはこのロケ現場の中にいると思うんです」

「ああ、そうだね。ごく近くにいると出てる」

ほんとに……!?

「ココちゃん、ちょっと外へ出て捜してきてよ。たぶん、スタッフか何かに紛れ込んでると思うから」

「えー！」

「だって他の人には恭平さんの顔がわからないんだから、頼めないでしょ。僕はまだマダムと相談することがあるからさ」

ま、まあ、六区を外へ野放しにするよりは、私が行った方がいいか——。

結局いつもこんな感じで弟に言い包(くる)められているなあと苦笑しつつ、私はロケ現場を駆け回り、体育館の中でケータリング係に紛れ込んでいる恭平さんを見つけた。

小顔のイケメンパティシエは、白いエプロンを掛けて爽(さわ)やかにフォーチュンクッキーを配り、女性の出演者やスタッフに喜ばれている。

「ちょっと恭平さん、何ちゃっかり自分の店のクッキー宣伝してるんですか！」

私が寄って行って声をかけると、恭平さんはあっけらかんとした顔で言う。

「あれ、ココちゃん。どうして中等科にいるの？」

「私のことより、恭平さんこそ、どうやってここに潜り込んだんですか」

「いやあ、駄目元でクッキー抱えて『ケータリングでーす』って正面からぶつかったら、案外あっさり入れてもらえてね」

「……」

この爽やかな笑顔のせいだ。すごくいい人そうなイケメンスマイル。

六区や恭平さんを見ていると、顔のいい人は、その顔を武器にしてどうとでも人生を泳いでいけるんじゃないかという気がしてくる。それは幸せかもしれないけれど、危なっかしいことのようにも思えるから、私はいつも六区が心配なのだ。今はついでに、友達のお兄さんである恭平さんのことも心配だ——。

　そうして私は、恭平さんを六区たちのいる空き教室へ引っ張って行った。

　緋田マドカのマネージャーと、威圧感のある占い師に問い詰められた恭平さんは、マドカさんの居場所を白状した。

「近くの喫茶店で待機してるよ。先に僕が現場に潜り込んで、様子を見てきてあげることになって」

　ところが日頃の接客業の癖が出て、ケータリングブースで愛想良くクッキーを配り始めたら抜け出せなくなってしまった——ということらしい。

　ともあれ恭平さんの言う喫茶店へ直行すると、帽子とサングラスで顔を隠した緋田マドカを発見した。変装していても、顔の小ささから来る抜群の頭身バランスと華やかなオーラは隠せない。さすがアイドル。

　マネージャーに見つかったマドカさんは反射的に逃げ出そうとしたものの、店の出入り口で長身の男性と勢いよくぶつかって尻餅(しりもち)をついた。そのせいでマネージャーと恭平さんのふたりがかりでがっちりとマドカさんを確保出来たわけだけど、驚くべきはそのぶつかった男性の正体だった。

夏らしい麻のスーツにサングラスをかけた長身の男性は、マドカさんとマダムに気づき、ちらりとサングラスをずらしてみせた。その端整な貌は——

円香遼壱だ——！

私は大声を上げそうになって慌てて口に両手を当てた。

どうしてここに円香遼壱が!?　なんで関係者勢揃いになってるの!?

マネージャーと恭平さんに羽交い締めされているマドカさんは円香遼壱から顔を背け、一方でマネージャーは円香遼壱を睨みつけている。恭平さんは複雑そう、六区は面白そうな表情で、マダムは化粧が濃過ぎて表情がわからない。

「マダムがすぐに来いと言うから来たら、これは一体どういうことですか？」

眉を顰めた円香遼壱が低い声で問う。

どうやら私が恭平さんを捜し回っている間に、マダムが電話で呼びつけたらしい。その時点では、この喫茶店にマドカさんがいることをまだ恭平さんから聞き出せていなかったはずなのに、どうしてここを指定出来たんだろう。まさかまた、六区の推理とマダムの水晶玉占いの合わせ技？

驚きつつ、間近に見るイケメン俳優のオーラに圧倒された私は、思わずスマホを取り出してりっちゃんを呼び出しそうになった。けれど、すんでのところで我に返った。六区の推理が当たっているなら、ここは修羅場だ。こんなところに円香遼壱ファンのりっちゃんを呼べるわけがない！

「ふん。事情はあんたが一番よくわかってるだろうに。こんなところじゃ何も話せないよ。近くで個室のある店はないかい？」

　マダムの言葉に、六区が「一本向こうの通りにカラオケがありますよ」と答えた。

　何たることか、今を時めく売れっ子芸能人・緋田マドカと円香遼壱、マドカさんのマネージャー、占い師のマダム千本木、イケメンパティシエ恭平さんと私たち姉弟、総勢七人は狭いカラオケの個室に陣取ることと相成った。

　半円状に置かれた椅子の席に少し悩んだ末、円香遼壱、マダム千本木、緋田マドカ、マネージャー、私、六区、恭平さん、という並びで座った。

　そこで初めに口を開いたのは、一番隅の席で窮屈そうに長い脚を組んで座っている円香遼壱だった。

「まったく、俺は京都での撮影から帰ってきたばかりで疲れているんですよ。一体、何なんです。それに、この子たちは？」

　京都で撮影とは新作の時代劇ですか!?　と質問したかったけれど、今はそんなことを訊いている場合ではない。私は恐縮頻りに自己紹介した。弟の六区と共に、ひょんなことから緋田マドカの駆け落ち騒動に首を突っ込んでしまったのだと説明する。

円香遼壱は、目を瞠(みは)ってマドカさんと恭平さん、そして六区を順に見た。六区に関しては、セーラー服を着ているのに男の子だと聞いて驚いたのだろう。

「あんたたちの関係は聞いたよ。遼壱、もうとぼけなくていい。それからマドカ、さっきからずっと黙りこくってるね。あんたの失踪(しっそう)が今回の騒ぎの大本なんだから、あんたがきちんと事情を話しなさい」

そういえば、喫茶店で発見して以降、私はまだ一度も緋田マドカの声を聞いていない。

マダムに促されたマドカさんは、恭平さんと円香遼壱を順に見遣ってから、訥々(とつとつ)と経緯(いきさつ)を語り始めた。

「遼壱さんと出逢ったのは、一年半くらい前のイベントの仕事でした。大きなイベントだったので、普段は事務所の都合で共演しないような人たちもたくさんいて、その中に遼壱さんも——」

初対面の印象は、これはモテそうだな、陰で相当遊んでそうだな、だった。ところが、イベントの舞台裏で少し話す機会があり、意外に真面目そうな人柄が垣間(かいま)見え、好感を抱いた。事務所同士の仲が悪いので、マネージャーの目を盗んでこっそり連絡先を交換し、やりとりをするようになった。

「私はその頃から少しずつ女優の仕事が増え始めていて、演技のことで遼壱さんに相談に乗ってもらっていました。遼壱さんは、私の役についてとても真剣に考えてくれて、アドバイスをくれて、すごくお芝居が好きな人なんだなって――嬉しかったし、心強かった」

「演技の仕事に真面目に取り組んでるのがわかったから、助けてやりたくなったんだ」

円香遼壱がぶっきらぼうに口を挟んだ。マドカさんは少し微笑み、話を続けた。

「初めは仕事の話をするだけの関係だったのが、やがて極秘の交際に発展しました。でもしばらく前、それがお互いの事務所にバレて、別れさせられてしまった……。ひどい無気力感に取り憑かれた私は、適当に電車を乗り継いで降りた街で、ふらふらとケーキ屋さんに入りました。遼壱さんは老舗和菓子屋の長男で餡子大好き、だけど私は餡子が苦手で……生クリームとかバタークリームが大好きなんです。体型維持のために、普段甘いものはあんまりたくさん食べないよう事務所から言われていたけれど、これ以上事務所の言うことを素直に聞くのがイヤになって、イートインでやけっぱちの大量注文をしてケーキをもりもり食べてしまった。久しぶりに無制限で食べる生クリームが美味しくて、思わず涙が出ました。すると、店のパティシエが優しく私の話を聞いてくれたんです」

ああ、恭平さんお得意の『イートインでの恋愛相談』パターンか……。しかも見事に六区の妄想推理が当たっている。本当にマドカさんは、円香遼壱との破局から来るやけ食いで恭平さんと出逢ったのか。

私と目が合った六区は、したり顔でにこっと笑った。

「その時は、恭平さんの優しさが胸に沁みて……。こんなに美味しいケーキを作ってくれる恋人がいたらいいな、みんなに反対される和菓子屋の息子より、洋菓子屋の息子の方が──と思ってしまったんです。恭平さんに優しくされて気持ちが盛り上がってしまい、自分を理解してくれない事務所なんか捨てて、この人と新しい場所で新しい人生を始めたい──と思ったんです」

ああ……。ますますいつもの恭平さんの駆け落ちパターン。いつもこんな感じで、双方が発作的に盛り上がって新天地へ旅立っちゃうのだ。

「出逢って一週間後、恭平さんと駆け落ちしました。行く当てなんてなかったけれど、とりあえず北を目指しました」

恭平さんの駆け落ちは、いつも北行きだなあ。なんとなく逃避行は寒い方角のイメージがあるからかな。「いざとなったら、北海道を捜せば見つかるんじゃない?」とは白鳥家の弁である。

「でも──一日中恭平さんと一緒にいて、この人は誰にでも優しいんだってわかりました。

どこへ行っても、困っている人を見かけると、声をかけずにいられない。せっかく駆け落ちしたのに、私と一緒にいる時間より、人助けをしている時間の方がよっぽど多い。まるでボランティアの旅をしているみたいでした」

恭平さんてば、アイドルが相手でも駆け落ちの仕方がマイペース過ぎる……。

でも恭平さんはそういう人なのだ。本人は、ただひとりの運命の恋人を探しているみたいだけど、実際彼の女の子への愛はラブというよりアガペーとかいうやつに近いんじゃないかという気もする。

「駆け落ちして一日で、急激に気持ちが醒めてしまいました。でも彼が悪いのではないことはわかっています。私だって、ただ彼に逃げようとしただけなのだから——」

マドカさんは恭平さんを見遣って頭を振ってみせる。

「私のそんな気持ちに気づいた恭平さんは、仕事に戻るなら送ってゆくと言ってくれました。——迷いました。でも、今回の映画、原作を読んだら面白かったし、プリンセス役が決まって嬉しかった。自分が降板になったら、代わりに誰があの役をやるんだろう。誰にも譲りたくない——と思いました。その一方で、遼壱さんのことも忘れられない。彼のことだって誰にも譲りたくない——」

心迷いながら、ひとまず恭平さんと一緒に東京へ戻ったものの、音信不通のまま大遅刻だし、現場がどんな状況なのか気になって、先に恭平さんが偵察に潜り込むことになった——というわけらしい。私はようやく事件の全容を把握して頷いた。

「今まで、こんな無責任な真似をしたことはなかったし、怖くなってしまって——」

マドカさんは顔を覆ってすすり泣く。反射的に恭平さんが、離れた席のマドカさんを慰めようと腰を浮かせたけれど、さすがに円香遼壱に気を遣ったのか、立ち上がり切れずにまた座った。

一方で、一通りマドカさんの話を聞いた円香遼壱は、重いため息をついた。

「俺だって——別れたくて別れたわけじゃない。でも、マドカは次の仕事も楽しみにしていたし、自分もこの先の仕事が詰まっている。お互い、この仕事を続けてゆくためには仕方がないと割り切るしかないと思ったんだ。相手や自分の将来を潰してまで、想いを貫く覚悟が出来なかった。俺もマドカも、ここまでやってくるのに世話になった人はたくさんいる。そういう人たちの顔を潰すことも出来ないだろうと——」

苦悩の表情で切ない恋を語る円香遼壱は、絵になり過ぎて、まるでテレビ画面の中の人のようだった。私は今、こういう筋立てのドラマを見ているんじゃないかと思わされる。

そこへ、マダムの眼力に抑えつけられて今まで黙って話を聞くだけだったマネージャーが、意を決したように口を挟んできた。

「それで、どうしたいって言うんだ、マドカ？　よりを戻したいとでも？　事務所としては、そんなことは許せない。大体、こいつの実家は老舗の和菓子屋だぞ。しかも長男だぞ。餡子嫌いのおまえが耐えられるのか」

円香遼壱を指差して言うマネージャーに、マドカさんが言い返す。

「だけどそう思ってパティシエの恭平さんと付き合ってみても、駄目だったの。いくら美味しいケーキを作ってもらっても、私は遼壱さんじゃないと駄目だって思い知らされただけだったの！　いいもん、餡子にも慣れる！　生クリームアンパンから始める！」

えーと、問題は餡子か生クリームかという話なのでしょうか？

心の中でツッコミを入れる私の傍らで、マダムが鷹揚に口を開いた。

「まあまあ――こんな狭いところで喧嘩はおよし。どうするのがいいかは、今あたしが占ってあげるから」

マダムは一同に沈黙を命じ、水晶玉をじっと見つめた。

静かにしていろと言われても、場所は安普請のカラオケ店。他の部屋から賑やかな音が漏れ聞こえてくるのだけれど、それでも集中出来るものなのだろうか？

しばらくの後、マダムは顔を上げてふっと笑った。

「水晶玉のお告げを教えよう――。まず、遼壱の実家は、彼氏いない歴＝年齢の妹が来年電撃婚をして婿を取るから問題なし」

「えっ」

円香遼壱が本気で驚いた顔をした。兄にこんな反応される妹って……？

「それからマドカは、結婚してアイドルから女優に本格転身するのが吉。人気倍増の未来が見えたよ。遼壱も、結婚でさらに運が開ける。ふたりの結婚生活は薔薇色だよ」

「そんな、マダム……社長になんて言えば……」

マネージャーが情けない顔でおろおろする。

「ふん、そんなのはあたしが話を付けてやるよ。可愛いマドカと遼壱のためだからね。あたしはいつだって、自分が世に出した子たちの味方だよ」

マダムはゴテゴテにデコレーションされたスマホを取り出すと、両事務所の社長に電話をして、占いの結果が良かったからと言い張り、強引にふたりの結婚を許可させてしまった。その上、具体的に婚約記者会見の段取りまで話し合い始めたのを聞いて、私は呆気(あっけ)に取られた。

──何この急展開!?　占いで決着がつくってどういうこと？　芸能界ってそういう世界なの？

でも、呆気に取られているのは話題の当人たちも同様だった。

一通りの電話を終えたマダムは、ほうっと息をつき、勝手に記者会見のスケジュールを入れられてしまったふたりを見た。

「まったく、ふたりとも、早くあたしに相談していればよかったのに。何を遠慮したのやら。——でもまあ、マドカ、今日のピックアップ占いはあんたに当たったね」

「え？」

マダムに名指しされたマドカさんが首を傾げる。一方で、今までやけにおとなしかった六区がおもむろに口を開いた。

「今日のマダム千本木のピックアップ占い——名前に《コ》と《マ》が付く人は、セーラー服がラッキーアイテム」

六区が繰り返した朝の占いに、マドカさんが「あ——」とつぶやいた。

意味がわからないでいる私に、六区が説明した。

「緋田マドカさんの本名は、『郡山（こおりやま）マドカ』で《コ》と《マ》が三つ。今日は、こちらの世界へ逃げてきた黒薔薇プリンセスが、学生に紛れ込む場面を撮影する予定だった。大人っぽい顔立ちのマドカさんにセーラー服の中学生役はさすがに無理があるけれど、敢（あ）えてそれでおかしみを誘う——という場面だよ」

マダムは頷いて、マドカさんの背中をバシッと叩いた。

「さあ、マドカ。今日の仕事をきちんとこなせば、ラッキーが待ってるよ」

——なるほど、今日のピックアップ占いって、マドカさんをピックアップしてたのか……。やっぱりマダム千本木ってすごい占い師なのかもしれない……。


斯くして、芸能界ロミジュリ事件は（凄腕占い師のおかげで）解決した。

緋田マドカは大遅刻を真摯な態度で謝って撮影に復帰し、私と六区も無事にエキストラの役を果たした。ちなみに恭平さんは、最後までケータリングブースでフォーチュンクッキーを配り終えてから帰って行った。マドカさんへの未練はまったくないようだった。

家への帰り道、六区が「今度は恭平さん、『ローマの休日』展開をやらかさないかなあ」などと言い出した。

「外国から来たお忍びの王女様と知り合って、一日だけの駆け落ち——。恭平さんならやってくれそうだと思わない？」

「思わない！」

私は強く頭を振った。

どうせそれは、六区が首を突っ込む前提の話なのだろう。アイドルでもヒヤヒヤしたのに、一国の王女様なんて冗談じゃない。絶対に勘弁して欲しい。

　もっとも、仮に恭平さんがどこかの王女様と駆け落ちして失敗しても、クールなりっちゃんは、「お疲れ様」の一言で済ませるのかもしれないけれど。でもそんなりっちゃんも、恭平さんが円香遼壱と緋田マドカを取り持つ役を果たしたなんて知ったらさすがにショックだろうから、このことは黙っていよう。

　幸い、恭平さんの駆け落ち癖に慣れ切っている白鳥家の面々は、彼の駆け落ち相手が誰かも詮索しなくなって久しいので、これは私と六区が口を噤(つぐ)んでいれば済む話だ。

「——六区、いい？　このことはりっちゃんには絶対内緒だからね」

「うん——でもココちゃんは、円香遼壱に恋人がいてもショックじゃないの？」

「別に？　そんなこと気にするほどの大ファンというわけでもないし」

「そっか——そうなんだ。うん、わかった。ココちゃんがそう言うなら、今回のことは絶対りっちゃんに言わないよ」

　にっこり笑って頷く六区は、女子中学生としては最高に可愛かったけれど、中学二年男子の弟だと思えば、私の心になんとも重い疲れをもたらすのだった。

ちょこれいと六区

〜うちの悪魔で天使な弟が〜

宿題はチョコレート・アンソロジー

都下某所に広大な敷地を有する私立鷺(さぎ)ノ院(いん)学園。私こと鷺沼湖子(さぎぬまここ)は、高等科一年に籍を置く、ごく普通の女子高生である。

十二月も下旬、冬休みに入ったばかりのクリスマスイブ。ケーキの前に、チキンの前に、私は原稿用紙の前で唸(うな)っていた。

冬休みの宿題として、チョコレートをテーマにした恋物語を書かねばならないのだ。クラス内で優秀作品が数作選ばれ、挿絵(さしえ)を付けて製本されたものがバレンタインデーに配られるという企画である。

私は文章を書くのが得意ではないし、恋愛小説にも取り立てて興味がない。まったくの不得意分野なので、優秀作品に選ばれようなどと大それたことは考えていないけれど、とりあえず宿題なので書いて出さねばならないと思っているだけだ。面倒な宿題(ブツ)から先に片づけようと、まずこれに取り掛かったものの、どうにもネタが出てこない。

リアルな恋愛小説なんて書ける気がしないし、メルヘンに逃げるのが無難かな。チョコレートの国のお姫様が主人公とか——チョコレートで出来たお城にチョコレートの馬車、チョコレートの川、チョコレートの雨……。

駄目だ……。想像したら胸焼けがしてきた。チョコだらけの世界で、そこから何をどう展開させればいいかなんて、ストーリーがちっとも頭に浮かばない。

そこへ、

「ココちゃん、ただいま。なに唸ってるの？」

出かけていた弟の六区(ろっく)が帰ってきて、部屋を覗(のぞ)いた。

私は振り返って憮然(ぶぜん)とため息をつく。

白い肌にピンクの頬(ほお)、大きな瞳にバサバサ睫毛(まつげ)、ぷるんぷるんのくちびる。白いフェルトのベレー帽に、ピンクのボアが付いた可愛(かわい)い白のワンピース。クリスマスに舞い降りた天使のような美貌(びぼう)を持つこの少女は、れっきとした私の弟——中学二年男子である。

六区は今日、クラスの女子が開くクリスマスパーティに招待されていた。女子会だから女装で来て欲しいというのがリクエストで、素直にそれを聞いて美少女スタイルで出かけて行ったのだ。何となれば、己の美貌をしっかり自覚している六区は、女装が趣味であり特技なのである。

――六区のクラスの女子たちって、六区を男の子として見てないわよね……。

斯く言う姉としても、こんな恰好で目の前に立たれると、自分にいるのは弟じゃなくて妹だったのかと思いそうになる。

「さっさと着替えてきなさいよ」

私が苦笑しながら机に向き直ると、六区は「ココちゃん、イブに宿題やってるの？」と訊いてきた。

「悪かったわね」

類は友を呼ぶのか、私の友達に「クリスマスは彼氏とデート♪」などと浮かれた予定の入っている人材はいない。一番仲良くしている幼なじみは家がケーキ屋なので手伝いに駆り出されているし、他の友達もなんだかんだで用事があったりで、誰も摑まらなかったのだ。だから暇な私は、家で真面目に宿題を片づけようとしているのである。

「原稿用紙？　読書感想文？」

「だったらまだ楽だったんだけどね」

私は宿題のプリントを六区に見せた。

「――チョコレートをテーマにしたラブストーリーのアンソロジー企画？　え、これ、つぐみ先生が出した宿題なの？」

六区が驚いた顔をするのも無理はない。

私のクラスの担任、国語教師の鶫澤つぐみ先生（二十八歳・独身。鷺ノ院ＯＧ）は、クールな雰囲気の美人として、六区がいる中等科の方でも知られた存在だ。いつも孤高のオーラを漂わせ、生徒が恋バナを仕掛けても絶対乗って来ないし、「つぐみ先生は恋愛に興味がなさそうだね」というのがクラスの女子たちが出した結論だった。

そんなつぐみ先生が、突然チョコレートを絡めた甘い恋物語を書いてこいなんて言い出したものだから、クラス中が面喰らい、戸惑った。特に男子は困り果て、受け狙いのお笑いでお茶を濁すしかないと、こそこそ話し合っているのを小耳に挟んでしまった（気持ちはわかる！）。

「へえ～……あのつぐみ先生がラブストーリーを読みたがるなんてね。何か心境の変化があったのかな。なんだかラブの予感がするよね。ラブはラブを呼ぶからね、何もなくてこんな宿題を出すなんてあり得ないよ」

六区が瞳をキラキラさせて、両手を胸の前で組んだ乙女チックポーズを取る。母親所蔵の少女漫画や少女小説を読んで育った六区は、女装趣味なだけでなく、少女趣味なのだ。発想が基本的にラブ中心で、父親所蔵のスポ根漫画を読んで育った私とは根本的に話が合わない。

「別に、読みたいから宿題にしたとは限らないんじゃないの？　だって、ちゃんとしたものが読みたいなら、プロが書いた恋愛小説を読めばいいんだから」

たぶん、うちのクラスで宿題として書かせたところで、やっつけで書いたラブコメか、やけくそで書いたメルヘンか、乙女の夢が詰まったご都合願望小説しか出来上がってこないと思うし。

冷めた返事をする私に対し、六区はプリントを読み返しながら訊ねてくる。

「それで、優秀作品に挿絵を描いてくれるイラストレーターって、どんな人？　ここに名前載ってないけど」

「ああ、それはクラスの子も質問してて、えっと――なんて言ったかな、ゆうなぎ……まりん？　とかっていう、プロのイラストレーターだって」

その名を聞くなり、六区が瞳を瞠った。

「夕凪茉凛先生!?」

「知ってる人？」

「知ってるも何も！」

六区はバタバタ部屋を飛び出して行ったかと思うと、本やゲームソフトの山を抱えて戻ってきた。

「夕凪茉凛先生は、小説の挿絵とかゲームのキャラクターデザインとかで人気のイラストレーターだよ。ほら、こんなにいっぱい作品が出てる」

「へ～……すごいね、人気ある人なんだ」

六区が広げてみせたのは、主に少女小説や、俗に「乙女ゲー」と呼ばれる女性向け恋愛シミュレーションゲームだった（華やかな絵柄が目に眩しい！）。そういえば、つぐみ先生がイラストレーター名を言った時、女子の一部がざわっとした。名前を知っている人もいたのだ。

「でもつぐみ先生、どうして茉凛先生みたいな人気イラストレーターに仕事頼めたんだろう。何か伝手があったのかな――」

不思議そうに首を傾げた六区は、けれどすぐに頰を薔薇色に紅潮させ、がしっと私の手を握ってきた。

「ともかく、茉凛先生にイラストを描いてもらえるなんてすごいよ、ココちゃん、頑張って優秀作に選ばれなきゃ！」

「えー、無理でしょ。こういうのは提出することに意義があるのであって、出来を評価してもらおうなんて思ってないし」

「駄目だよ、そんな弱気じゃ！　こんな機会は滅多にないんだから、頑張ろうよ！　――

そうだ、これやって勉強しよう。甘い恋に浸った勢いで一気に書き上げよう！」

そう言って六区は、持ってきたゲームソフトの中からひとつを取り上げた。

『チョコレートの王子様　～甘い恋は僕たちにおまかせ♡～』

パッケージには、様々なタイプの王子様が総勢八名もひしめき合っている。確かにイケメンを描くのは上手なイラストレーターさんだと思うけど、私はそもそもこういったゲームに興味がないのだ。

「いいよ、私こういうの苦手だし」

頭を振る私に、六区はソフトをセットした携帯ゲーム機をぐいぐい押しつけてくる。

「でもココちゃん、宿題はやらなきゃならないんでしょ。ラブストーリーの参考にはなるだろうから、やるだけやってみようよ。ただ机の前で唸ってるよりは、建設的な行動だと思うけど」

「……」

確かに、私がひとりでいくら唸ったところで、チョコレートのお城に住むお姫様の話しか出てこない。そこからどうやって恋愛展開に持って行けばいいのかもわからない。

「ね、ほら、これ説明書。簡単な設定とキャラ紹介が載ってるから。お母さんが初回特典付きＢＯＸを買ったからサントラＣＤとイラスト集もあるよ。これ、ポスター」

六区は母と趣味が同じなので、母が買った本を読み、母が買ったゲームを遊ぶ。ある意味、お金のかからない息子である……。

そんなこんなで六区に押し切られ、私は『チョコレートの王子様』という恋愛シミュレーションゲームをプレイしてみることになったのだった。

物語のヒロインは高校生で、校内でも人気のある先輩に片想いしている。バレンタインデーに手作りチョコをプレゼントして告白しようと決意するが、不器用なのでお菓子作りは苦手だし、そもそも引っ込み思案な性格なので自分から先輩に声をかけることすら出来そうにない。せっかく固めた決意が脆(もろ)くも崩れそうになった時、チョコレートの世界から八人の王子様がやって来た。

八人のチョコレートの王子様は、それぞれ得意分野が異なる。スポーツが得意だったり、芸術方面が得意だったり、お菓子作りが得意だったり、コミュ力が高かったり。それぞれの王子様と親密度を上げ、得意分野で協力してもらいながらバレンタインチョコを作り、憧れの先輩に告白してハッピーエンドを目指せ！　というストーリーらしい。

説明書を一通り読んだ私は、ぽつりと疑問を漏らした。

「……で、結局チョコレートの王子様って何なの？　チョコレートの世界って何？」

「チョコレートの王子様は、バレンタインデーを目指して頑張る女の子のために現れるチョコの精霊のような存在だよ」

「でも、そもそものバレンタインデーって、別にチョコを渡すラブイベントじゃないんでしょ？　日本では製菓会社の仕掛けで始まったとかって聞いたけど。ってことは、チョコレートの王子様の正体は製菓会社の社員？　チョコレートの世界って製菓会社の工場？」

「――ココちゃん。この際、そういう冷静なツッコミは要らないんだよ。チョコレートの王子様はチョコレートの王子様。甘いお菓子の世界から来た王子様。そう思って、さあ始めよう！」

六区に睨（にら）まれつつ、ゲームスタート。

ヒロインのもとにチョコレートの王子様が現れるのは、秋。そこから、少しでも先輩に近づき、二月のバレンタインでハッピーエンドを迎えるため、王子様たちに協力してもらいながらのドタバタストーリーが始まる。

先輩は人気者なのでライバルがたくさんいる。そして、ヒロインの通う学園ではたくさんの行事があり、それらに参加してミニゲームで好成績を獲（と）ることで、ライバルを押し退（の）け先輩との親密度が上がるのだ。

先輩とのラブイベントが起こる度、私は適切な能力を持つ王子様を選んで協力を頼み、着々とポイントを稼いでいった。

　ドジで引っ込み思案なヒロインをいつも優しく見守ってくれる王子様もいれば、平気で怒鳴る王子様もいる。王子様の性格は様々で、頼み方に気をつけないと協力してもらえない時もある。でもそれぞれの性格さえ把握してしまえばこっちのもの。

　うまく王子様を利用し、クリスマスイベントやお正月イベントで大きく親密度を上げることが出来たので、先輩のヒロインへの態度も明らかに好意的になっている。これはもう、バレンタインは楽勝と思われた。

　果たして——

「——やった！　ほら、先輩チョコもらってくれたよ、告白も成功してハッピーエンド！　ま、もう途中から勝負見えたような感じだったもんね。こういうゲームって初めてやったけど、案外簡単にクリア出来るんだね」

　エンドロールを見ながら満足感に浸る私に、

「全然ハッピーエンドじゃないよ！」

　と六区が一喝（いっかつ）した。

「え？」

「ココちゃんはこういうゲームのやり方を何もわかってないよ」

「え～？　だって、説明書にもパッケージの裏にも、チョコレートの王子様たちに協力してもらいながら片想いの先輩とハッピーエンドを目指せって。そのとおりの展開でクリアしたよ？」

「違うよ、いくらそう書いてあったって、真に目指すべき展開は他にあるんだ！」

「え、どういうこと？」

　私は訳がわからず首を傾げた。

「ココちゃんは、どうして特典としてここに、王子様たちのイラストカードが封入されてると思ってるの？　パッケージやポスターにだって、先輩は後ろ姿のシルエットだけで、ちゃんと描かれてるのは八人の王子様だけでしょ」

「そういえば……変よね。どうして先輩をちゃんと描かないの？　ヒロインの相手役は先輩じゃないの？」

「だから、そういうことなんだよ」

「そういうこと、って？」

　飽くまできょとんとしている私に、六区はため息をついた。

「まったく、ココちゃんは説明書に書いてあることを素直に信じる性格だから……。このゲームはね、先輩を振り向かせるんじゃなくて、チョコレートの王子様たちと恋をするのが目的なんだよ」

「ええっ？」

　私はたまげてゲームのパッケージと六区の顔とを見比べた。

「だって、王子様たちはヒロインの恋を叶えるために来てくれたんでしょ？　それを横から搔っ攫うってどうなの？　ヒロインだって、好きな相手がいるのに、そんな簡単に心変わりするなんて――」

「そう、だからそこで悩むんじゃないか。片想いの相手のために頑張るヒロインを、親身になって支えてくれる王子様。いろんな失敗を、時に叱り、時に励ましながら、ずっと見守ってくれている王子様に少しずつ惹かれてゆくヒロイン。先輩への想いはただの憧れで、本当の恋ではなかったのだと気づく。でもチョコレートの王子様は仕事として自分のところへ来ただけ。好きになっていい相手じゃない――」

「そりゃそうだわ。チョコレートの王子様はチョコの精霊なんでしょ？　そんな相手を好きになってもしょうがないじゃない。それとも、やっぱり実は製菓会社の社員だったたってオチなの？　それなら結婚も出来るかもしれないけど」

「そうじゃなくて！　愛があれば種族や世界の違いなんて関係ない、ってことだよ」

「え～」

「王子様それぞれに背景があるし、それぞれのシナリオに見どころがあるんだよ。王子様たちだって、ヒロインへの想いを自覚して苦しむんだ。そこがまた美味しいところなんだよ！」

「……私、そういうのよくわからない……」

苦笑する私に、六区は「だから、わかるようになるために頑張ろう」と言って再びゲーム機を押しつける。

「今度は先輩なんか放っといて、王子様たちの中の誰かと恋愛展開に持ってくんだよ。途中で重要なフラグがあるからね、分岐に気をつけて」

「フラグって？　分岐って？」

用語がよくわからない。

「その辺は途中で僕がアドバイスするから。とにかく一番好みのタイプから狙ってこう。ココちゃんは誰が好き？」

「誰と言われても……」

ビターチョコの王子様は態度が厳しいから苦手だし、逆にミルクチョコの王子様は甘ったるい台詞を聞いてると歯が浮きそうだし、チョコボンボンの王子様は大人過ぎてちょっと踏み込めないし、ホワイトチョコの王子様はさすがにお子様過ぎるし……。

「えっと……特に好みの王子様はいない……かな」

「仕方ないなあ、じゃあ僕のお薦めはね、ビターチョコ」

「えー、風紀委員みたいな性格で厳しいし、すぐ怒るし、苦手なタイプなんだけど……」

「そう見えて、実は――というところに攻略し甲斐があるんじゃないか。本当の彼のことを知ったら、きっとココちゃんだってキュンと来るよ。ラブストーリーを書くコツが掴めるよ。だから、さあ、まずはビター狙いで行ってみよう！」

「え〜〜」

　斯くして、その日から六区による乙女ゲー特訓が開始され、私はチョコレートに埋もれた年末年始を過ごす羽目になったのだった。

チョコレートの王子様がやって来た

　年が明けて、一月二日。六区の熱烈指導の末、私はチョコレートの王子様を八人全員攻略し終え、疲れ果てていた。ゲーム中でいろいろ感動的なラブイベントも起きたけれど、超特急で頑張り過ぎて、もうどれが誰のエピソードだったか、頭がぐるぐるである。

　六区はといえば、またご機嫌に美少女扮装(ふんそう)をして友達と遊びに出かけた。今度は男友達からのリクエストらしい。

　六区が女装するのは、女の子の恰好をした自分が可愛いことを自覚しているゆえの悪ノリだ。男の子に生まれたけど心は女の子だから——みたいな真面目な事情は介在せず、最終的に正体がバレた時の周りの反応を楽しんでいる。そんな六区の性格を理解した上で付き合ってくれる友達ばかりというのは、姉として感謝するべきなのか何なのか。

　まあとにかく、疲れたので今日はもう何も考えたくない。両親も揃(そろ)って買い物に出かけてしまったし、私は留守番しながらだらだらしていよう。宿題の組み立ては明日でいいや——。

と、思っていたのに。

ベッドに寝転がってスマホをいじっていたところへ、六区が帰ってきて部屋のドアを叩き、「ココちゃん、ココちゃん」とひそひそ声で呼んだ。

「なに」

私が起き上がりもせずに返事をすると、六区は部屋に入ってきて言う。

「お客さんを連れて来たんだけど」

「お客？　——って、なに、あんたその恰好」

見れば六区は真っ白なコートの背中に、同じく白い小さな羽を生やしている。

「ああ、これ。玩具屋の福袋を買ったら入ってたんだよ。今日ちょうど僕全身真っ白だったし、天使の羽みたいだって面白がって友達がくっつけちゃって」

「玩具の羽？　そんなものくっつけて外歩いてきたの？　恥ずかしいなあ、もう」

「それがさ、この玩具の羽のおかげで思いがけないものが釣れたんだよ。だからココちゃんも来て」

六区に引っ張られるままリビングへ行くと、ソファに知らない男の人が座っていた。というか、ぐったりもたれかかっていた。

小声で訊ねると、六区は同じく小声で「誰だと思う？」と訊き返してきた。

（わからないから訊いてるんでしょ！）

齢（とし）の頃は、二十代後半くらいだろうか。色白で整った顔立ちに、少し明るく染めた髪。メンズブランドはよくわからないけど、たぶん名の知れたブランドのものっぽいこざっぱりした服装をしている。要するにイケメンだけど、なんだか辺りにお酒の匂いが漂っていて、酔っ払っているようだった。

私が観察しているうちに、酔っ払いのイケメンはソファの背から身を起こすと、今度はテーブルに突っ伏してすすり泣き始めた。

（ちょっと、この変な人、なに……!?）

（友達と別れたあと、公園のベンチで酔い潰（つぶ）れてるのを見かけてさ。話を聞いてみたら面白そうな感じだったんで、連れて来た）

（面白そうだから連れて来た、って……！）

女装した六区はとにかく美少女なので、いくらでも男の人を引っ掛けられるのだ。それにしたって、知らない酔っ払いを家に連れて来ることはないと思う！

（こんな人連れてて、途中で職質されなかったの）

（――誰、この人）

（大丈夫、正月早々振られたお兄ちゃんを慰めている妹、って体で来たから）

見た感じ、失恋とは縁がなさそうなイケメンだけど……。

そのイケメンは、テーブルに突っ伏したまま、「つぐみちゃん……つぐみちゃん……」

「僕が……チョコレートの王子様……」「恋の天使を見つけたよ……」などと訳のわからないことを繰り返しつぶやいている。

（ちょっと、天使が見えるとか、自分のこと『チョコレートの王子様』とか言ってるわよ。絶対関わっちゃまずいタイプの人じゃない！　捨ててきなさいよ）

私が震えながら睨むと、六区はにやりと笑って、泣いているイケメンに声をかけた。

「あなたのお名前をもう一度教えてください」

「夕凪……茉凛……」

「え!?」

私は突っ伏しているイケメンを凝視する。サラサラの髪を小刻みに揺らしながらすすり泣いているこの人、今、なんて名乗った？

「夕凪、茉凛です――」

「何度名前を訊いても、そう答えるからさ。試しにイラストを描いてもらったら、ほら」

六区が鞄から取り出したのは、玩具屋のチラシ。その裏にはビターチョコの王子様のイラストが描かれ、夕凪茉凛先生のサインまでしてある。

「本物……!? え、この人が夕凪茉凛先生なの？ ていうか、男の人だったの!?」

少女漫画的な絵柄からして、夕凪茉凛先生は当然女性だと思っていた。

「うん、僕も女性だと思ってたからびっくりした。でも、話をしてみたらやっぱり本物っぽいし、放っておけなくてさ。それで連れて来たんだよ」

チョコレートの王子様というか、チョコレートの王子様を描いた人がうちにやって来た……!


——夕凪茉凛先生。

直接的には知らない人だけど、一応知っている人は知っている人気イラストレーターだということ、そして私自身この数日ひたすら見続けていたイラストを描いた人でもあり、警戒心も少しは解けてきた。テーブルに突っ伏したまま泣き疲れて眠ってしまった茉凛先生をリビングに残し、私と六区はキッチンでこそこそ話し合った。

「——それで、茉凛先生はどうして素直にあんたに付いてきたの？」

「なんかさ、僕のことが《恋の天使》とやらに見えるらしいよ。僕を見た途端そう呼んで、ほろほろ泣き出しちゃってさ。『つぐみちゃん、つぐみちゃん』って繰り返すのも気になるし、詳しい話を聞いてみたくもなるでしょ？」

「うん……それは私も気になったけど……」

　確かにさっきも茉凛先生は「つぐみちゃん……つぐみちゃん……」と言いながら泣いていた。その「つぐみちゃん」は、もしかして私のクラスの担任・鵜澤つぐみ先生のこと？宿題の企画に協力してくれるのは、つぐみ先生とは知り合いだったから？　でも、ただの知り合いの名前を泣きながら呼んだりはしないだろう。ふたりには、知り合い以上の何らかの関係があるのだろうとは、いろいろ疎い私にも察しは付く。

「うちに連れて来る途中でもいろいろ訊いてみたんだけど、茉凛先生、齢は二十八歳で、鷺ノ院の卒業生だっていうんだよね。大学は外部だったらしいんだけど。それってさ、つぐみ先生と一緒でしょ。これはさ、何かあるよね」

「何か、って……ふたりは同級生で、付き合ってたってこと？　それが、正月早々茉凛先生はつぐみ先生に振られちゃって泣いてる――とか？」

「ううん、僕の勘では、ふたりは恋人関係ではなかったと思う。そういう感じじゃないんだよね――でも、茉凛先生がつぐみ先生のことを好きなのは確かだよ。多忙な人気イラストレーター・夕凪茉凛先生が素人小説の挿絵を引き受けるなんて、何か弱みを握られてるのでもなかったら、依頼者に特別な感情を持っているとしか考えられないしね」

「じゃあ、茉凛先生の片想い？」

私の問いに六区はゆっくり頭を振る。

「僕が思うに、茉凛先生とつぐみ先生の間には、バレンタインに何か苦い思い出があるんだ。卒業間際、高三のバレンタインなんて怪しいね。そこで何かがあって、卒業後は疎遠になっていたのが、最近ひょんなことから再会して、止まっていた時がまた流れ始めた——というところじゃないかな」

「なんで疎遠になってたとかバレンタインに何かあったたって言い切れるの？」

「だって、茉凛先生は『つぐみちゃん』と『チョコレートの王子様』という言葉を何度も繰り返すだろ。あのゲームは二年前に発売されたもので、その後も茉凛先生はいろんな仕事をしてるはず。わざわざ昔の仕事を引き合いに出しながらつぐみ先生の名前を呼ぶってことは、茉凛先生の中であのゲームとつぐみ先生が繋がってるんだよ。そうなると、つぐみ先生にしたって、突然チョコを絡めたらしくもない宿題を出したのは、茉凛先生と関係があると考えるのが自然だよね。しかも、ゲームが発売された年じゃなくて今頃こんな風に反応するというのは、ずっと疎遠だったのが冬休み前あたりに再会したから、ってことじゃないかな？　とすれば、やっぱりふたりの間でバレンタインは大きなカギになるはずなんだ」

「……」

母親所蔵の少女漫画・小説及び乙女ゲーで育った六区は、少女趣味な妄想が特技だ。見るもの聞くもの、なんでも脳内でラブ展開に持ち込んでしまう。悪癖だと言っていつも叱っているけれど、今回はなんとなく、説得力があるような気がしないでもない。私としても、担任のつぐみ先生が関わっているかもしれないと思うと、茉凛先生の話をちゃんと聞きたくなってくる。

「もうひとつ、《恋の天使》というキーワードもあるけど……そうだなあ、僕の推理が正しければ、これはつぐみ先生の秘密を暴くことになるかも――」

「え、どういうこと？」

六区は答えずに天使のような微笑みを浮かべた。

そうしてコートを脱いだ六区は玩具の羽を白いワンピースの背中に付け直し、リビングへ戻った。そのまま茉凛先生の横に立つと、テーブルに突っ伏していた茉凛先生がふと顔を上げた。

「あ――《恋の天使》……！　夢じゃなかったんだ……？」

「ええ、私はあなたの《恋の天使》。どうしたのですか？　お話を聞かせてください」

六区はよそ行きの声で茉凛先生にささやく。《恋の天使》とやらのふりをして、茉凛先生から事情を聞き出すつもりなのだ。元々六区はまだ声変わりしていないので、子供の天使と言い張ればそう見てもらえるかもしれない。ただし、相手に酔いが残っている状況に限られるとは思うけど――。

茉凛先生は赤く潤んだ瞳で六区を見つめたあと、次いで私の方を見た。ビクッとする私を指して、六区が言う。

「ああ、この娘はココ。私が人間のふりをしている時、お世話になっている家の娘です」

「そ、そうなんです。天使様のお世話をしてまして！」

こんな作戦がいい大人相手に通じるかどうか、ハラハラしながら私が上ずった声で挨拶をすると、茉凛先生は真面目な顔で頷いた。

「そうなんですか。やっぱり《恋の天使》は普段、人間のふりをして暮らしているんですね」

信じた――！

酔っているからなのか、元から飛び抜けて純粋な人なのか、どっち……!?

内心うろたえる私の前で、茉凛先生はまたほろほろ涙をこぼした。

綺麗な貌で、綺麗に泣く人だな――と、まるで映画でも見ているような気分になった。

泣き腫らした顔にすら色気を感じさせるほど、とにかく茉凛先生は極上の美青年なのである。そんな茉凛先生に六区は優しくささやく。

「さあ、ここには私たちしかいません。あなたの悩みを聞かせてください」

私も向かいのソファに座って、どうぞどうぞと頷くと、茉凛先生はおずおずと語り始めた。

「僕は、姉と妹に挟まれた環境で育って、一緒に少女漫画を読んだりお絵描きをしたりしているうち、女の子向けのイラストを描くのが趣味になってしまったんです。なんとなく周りには言い出せない趣味だな——と隠しているうち、姉と妹の着せ替え人形になっているせいもあって、何かこう、『ミステリアスでお洒落な人』みたいなイメージを人から持たれるようになってしまって、ますます本当の自分を見せられなくなって——」

しょんぼりと説明する茉凛先生によると、お姉さんは今は美容師、妹さんはショップ店員で、現在も茉凛先生を着せ替え人形にしているのだという。お洒落な髪型もお洒落な服も、茉凛先生自身のセンスではなく、すべて姉と妹によるコーディネイトだったのだ。

なんだか残念な雰囲気を漂わせ始めた茉凛先生は、「それで、『つぐみちゃん』というのは……？」と六区に水を向けられ、つぐみ先生との出逢いを語った。

「つぐみちゃんが転校してきたのは、中等科二年の二学期でした。大人っぽい雰囲気の美少女で、口数が少なくて近寄り難い感じがして、同じクラスでも僕は口をきいたことがありませんでした。そんなある日、学校の温室で、僕は一冊のノートを拾いました。そこには、《恋の天使》の協力で恋を叶えるメルヘンチックな小説が書かれていました。人間の世界にこっそり隠れている《恋の天使》は、片想いに悩む人々のもとを訪れて、そっと背中を押してくれるのだと――」

温室の隅(すみ)の、ガラクタ置き場のシートの下。隠されるように置いてあったノートを、偶然見つけてしまった。持ち主の名前はどこにもなかったけれど、温かくて可愛らしい物語が気に入って、思わずノートにイラストを描き入れてしまった。そうして拾った場所に戻しておくと、数日後、物語の続きが書かれたノートがまた同じ場所にあった。

そんなやりとりを数カ月続け、バレンタインデーがやって来た。

「なんというか……バレンタインは苦手なんです。毎年女の子たちがチョコをくれるけど、僕は元々甘いものは苦手だし、もらったらお返しをしなければならないし、あんまりたくさんもらうと収拾がつかなくなるし……」

イケメンらしい悩みであり、真面目な性格を表す話でもある。茉凛先生は苦笑顔をしてから続ける。

「それで、女の子たちから逃げて温室へ避難してきた時、ちょうどいつもの場所にノートを隠そうとしていた人と鉢合わせしてしまったんです」

「それが『つぐみちゃん』ですか？」

表情の読めないエンジェルスマイルで先回りする六区に、茉凛先生は頷く。私は、「えっ!?」と叫びそうになって慌てて口を押さえた。

——それが、さっき六区が言ってたつ、ぐ、み、先生の秘密!?

あの、クールで恋バナに興味のないつぐみ先生が、《恋の天使》のメルヘン小説？　全然イメージじゃない！

「外見のイメージとは全然違うので驚きましたが、それを言うなら、僕も本当の趣味を隠している身。お互いにお互いの実像を知って驚き合ったあと、僕とつぐみちゃんは秘密を共有する仲間になったんです」

茉凛先生は穏やかな微笑を浮かべてつぐみ先生を語る。

「つぐみちゃんは、真面目で不器用な性格なんです。本当は可愛いものが大好きで、漫画やゲームも大好物なのに、他人が自分に対して勝手に抱いたイメージを壊してはいけないと思って、本当の自分を抑えて周囲の求める姿でいようとする——。そんなところに惹かれました。僕自身、外見だけで誤解されるタイプなので、つぐみちゃんの気持ちがわかるんです」

「そしてつぐみちゃんもまた、あなたのことをわかってくれた?」

茉凛先生は頷く。

「つぐみちゃんは僕のイラストをいつも褒めてくれて、雑誌に投稿するように勧めてくれたのもつぐみちゃんです。その雑誌で賞を獲って、少しずつイラストレーターの仕事をするようになって、つぐみちゃんはそれを自分のことのように喜んでくれました。僕はつぐみちゃんが喜んでくれるのが嬉しくて、夢中でイラストを描いていました。でも、高等科の卒業を控えたバレンタインデーに――」

茉凛先生は俯いて言葉を切った。六区もさっき、高三のバレンタインがポイントだと妄想していたけれど、やっぱりそうなのだろうか。

六区に促され、茉凛先生は言葉を継ぐ。

「いつものように温室に避難していた僕に、つぐみちゃんがチョコレートをくれたんです。――今まで、そんなことはなかったんです。僕がチョコを苦手なのは知っていて、いつも敢えてバレンタインのことは無視してくれていたんです。だから僕はびっくりしてしまって、でも、お互い受験がうまくいけば別々に外部の大学へ進むことになっていたし、餞別の意味もある義理チョコかなと思って、受け取ったんです」

茉凛先生は俯きがちに続ける。

「手作りとかラッピングが凝ってるとかそういう感じでもなかったし、そんなに深い意味があるものとも思わなかったんです。——というか、思わないようにして、冗談めかして『つぐみちゃんから義理チョコもらっちゃった！』って笑って受け取ったら、途端につぐみちゃんの機嫌が悪くなって、それっきり態度も素っ気なくなって——高校卒業後はすっかり疎遠になってしまいました」

私は六区と顔を見合わせた。

それは、義理チョコではなかったのでは……。不器用なつぐみ先生の、不器用な愛の告白だったのでは……。

「その後も不思議とイラストの仕事は続けて入ってきて、忙しい日々が続きました。『チョコレートの王子様』というゲームの仕事をした時、つぐみちゃんの好きそうな物語だなと思いました。もしかしたら彼女もプレイするかもしれない——？　ううん、キャラデザが僕だってわかったら、買わないかもしれない。彼女を喜ばせたくてイラストレーターになったようなものなのに、自分は何をやっているんだろう——と訳がわからなくなったりして……」

茉凜先生はまたほろほろと涙をこぼす。

泣き上戸なのかな、この人。

「――それが、去年の秋……街の書店で、偶然つぐみちゃんと再会したんです」

またしても六区の妄想が当たった！　六区は満足そうなエンジェルスマイルを浮かべている。

「つぐみちゃんはさらに綺麗になって、近寄り難い雰囲気も増していて、咄嗟に何を言っていいのかわからず、挨拶と天気の話しか出来ませんでした。本当は、あの時のチョコはどういう意味だったのか訊いてみたかったのに、どうしても口に出来ませんでした。情けない思いでその場を離れようとした時、つぐみちゃんから引き留められて、イラストの仕事を依頼されたんです」

反射的に依頼を受け、連絡先の交換をしたものの、なんとなくこちらからは連絡出来ず、目の前の仕事を一通り片づけた年明け。ふっと空いた時間につぐみ先生の顔が蘇り、衝動的に普段は呑まない酒を呑み、ふらふらしたままちょっとコンビニへ買い物に出かけ、途中で気分が悪くなって公園のベンチで休んでいた。そこで、《恋の天使》と遭遇したのだ

――と茉凜先生は語った。

うん、結構性質の悪い酔い方してると思ったら、やっぱり普段はお酒を呑まない人だったんだ。《恋の天使》などというものを信じて、見知らぬ相手にこれだけ個人情報を披露してくれるんだから、まともな判断能力を失っていると言わざるを得ない。お酒は呑まな

い方がいいと思う、この人。

「つぐみちゃんは、何を考えているんだろう――」

そう言いながら、茉凛先生はまたテーブルに突っ伏してしまった。

何を考えてるも何も、つぐみ先生も茉凛先生のことが好きなんだと思うけど。偶然の再会をそれっきりにしたくなくて、咄嗟に仕事の依頼をしちゃったとかじゃないのかな（で、そのとばっちりが私たちのクラスに飛んできたわけだ）。ラブに疎い私ですら、そう推測出来るというのに、これほどイケメンな茉凛先生がそういう風に考えられないのは何なんだろう。

考えられないというか、考えはするんだろうけど、そんなはずはない――と自分で否定している感じだ。もっと自惚（うぬぼ）れても許されるだけの外見や才能を持ってるのに、変に奥ゆかしいというか自信がないというか、気の弱い人である。

茉凛先生は突っ伏したまま、涙声でぶつぶつ言っている。

「所詮（しょせん）、人気なんて一過性のもので、いつまでも続くとは限らないし……あれから絵柄も少し変わったし、つぐみちゃんも今の僕の絵柄を気に入ってくれるとは限らないし……」

ネガティブな人だなあ――。

自己評価の低いイケメン茉凛先生を見ながら苦笑していると、六区が私の腕を引っ張ってリビングの外へ連れ出した。

「ほらね、大体僕の想像どおりだっただろ」

したり顔をする六区に、私は肩を竦めて答える。

「そうね、つぐみ先生の趣味には驚いたけど……。どうして《恋の天使》がつぐみ先生の創作だってわかったの？」

「それは、お約束だからだよ。クールキャラや男勝りな女の子が実はメルヘン趣味で可愛いもの大好き♡なのは、一種の様式美ともいえるギャップ設定だからね」

「……そういうメタな考え方がいつも通用すると思ってたら、いつか痛い目見るかもしれないわよ」

憎まれ口を叩く私を無視して、六区は「それより」と話を変えた。

「要するに茉凛先生は、つぐみ先生のためにイラストレーターになったんだよね。ということは、今後のつぐみ先生との関係次第で、茉凛先生はイラストレーターを続ける気力を失ってしまうかもしれない――。冗談じゃないよ、茉凛先生の絵が見られなくなるなんてとんでもない！　なんとしてもふたりをハッピーエンドに持ち込まなきゃ」

「でも、どうやって？　これはゲームじゃなくて現実なんだからね、決められた攻略法とかないでしょ」

「そこは、僕がなんとかするよ。絶対、ふたりをくっつけてみせるさ」

低い声で言って、六区は瞳に挑戦的な光を浮かべた。その表情は、白いワンピースを着ていても、とても女の子には見えない。獲物を狙う獣のようで、こんな時、やっぱり六区は男の子なんだな——と思う（台詞の内容はアレだけど）。

六区は、自分が美少年であること、女装をすれば美少女であることをしっかり自覚していて、それを武器にすることをためらわない。日頃そういう弟を見ている身には、茉凛先生の謙虚さは新鮮過ぎるのだ。彼を見ていて私がもどかしくなるのは、そういうことなんだろう。

リビングに戻った六区は、《恋の天使》ぶりっこで茉凛先生の恋に協力することを約束した。そうこうするうち、両親が買い物から帰ってきて、来客が夕凪茉凛先生だとわかると母がサインをねだり始めた。

結局、茉凛先生は我が家で夕食を共にし、やっと酔いが醒めたあと、《恋の天使》の正体が少女趣味な中学生男子だと知って驚きながら、タクシーで帰って行ったのだった。

恋の天使にチョコレートを

そうして冬休みが明け、私はなんとか書き上げた宿題の小説を提出した。

それは六区監修（原作と言ってもいい）のもと、茉凛先生とつぐみ先生のエピソードを下敷きにした物語である。

学校の温室で拾ったノートをきっかけに、親しくなるふたり。けれどお互いに純情で恥ずかしがり屋で自己評価が低く、高校卒業前のバレンタインで想いがすれ違い、それっきり。ところが《恋の天使》の計らいで、ふたりは十年ぶりに再会する。そこで規定枚数に達したこともあり、ふたりの今後はご想像にお任せ——という終わり方になっている。

宿題を提出してから数日経った放課後、私はつぐみ先生に声をかけられた。

「鷺沼さん、ちょっといい？　えぇと……ね、宿題の小説のことなんだけど——その、あのね、着想のきっかけとか……よかったら教えてもらえない——かしら」

クール美人のつぐみ先生が、いつになく歯切れの悪い喋り方だった。それはそうだろう。

誰も知らないはずの自分と茉凛先生のエピソードを、生徒が小説にして書いてきたら、びっくりどころではない騒ぎだと思う。

だから六区の計画では、こんな風につぐみ先生から話しかけられるのは計算どおりのことだった。私は六区が書いた台本を心の中に広げ、この状況で返すべき言葉を返した。

「あ、すみません。今日は家の用事で、急いで帰らなきゃならないんです。明日でもいいですか？」

「え、あ、そうなの。それじゃ仕方ないわね、じゃあまた明日——」

拍子抜けと苦笑いが混じったような表情をするつぐみ先生に、私は声を潜めて付け足す。

「あ、でも、ちょっと人に聞かれたくないというか……なので、明日の放課後、温室でお話しするということでいいですか」

「え」

つぐみ先生は戸惑った顔をしたけれど、私はそれに気づかないふりをして、足早にその場を去った。

そして本当に急いで家に帰った私は、六区に首尾を話した。六区はにやりと笑い、私のスマホで友達や茉凛先生に連絡を取った（六区は携帯電話を持っていないのだ）。一頻り打ち合わせをしたあと、六区はまた楽しそうに微笑う。

「じゃあ明日、ドジを踏まないようにね、ココちゃん。つぐみ先生をちゃんと、指定のポジションに立たせるんだよ」

「……やってみるけど、本当にこんなこと、成功するのかな」

私は半信半疑で首を傾げるけれど、

「大丈夫、絶対うまくいくから」

六区は自信満々に頷くのだった。


翌日の放課後、私は六区に言われたとおり、学校の温室でつぐみ先生を待った。

隣接する高等科と中等科の間にある温室は、大きなガラス製の建物で、冬でもたくさんの植物が青々とした葉を広げ、色とりどりの花を咲かせている。

今日は六区が裏で手を回し、この時間は園芸部の生徒たちもここへ近づかないはずだった。天使の美貌を活用して、学園内に無駄に広い人脈を持つ六区は、そういうことを簡単にやってのけてしまうから恐ろしい。

私は温室の隅、南国の木々が茂る一角に陣取り、やがてやって来たつぐみ先生をこちらへ手招きした。

つぐみ先生は少し居心地の悪そうな素振りを見せつつも、探るような口調で訊いてきた。

「鷺沼さん、人に聞かれたくないって、どういうことなの……？　あの小説は、鷺沼さんが考えたお話なんでしょう？」

「それはそうなんですけど、ちょっと事情があるというか——」

「事情って？」

「それが……あの、ちょっと言いにくいというか、信じてもらえるかわからないんですけど——」

　私が思わせぶりに話を引き延ばしていると、

『——つぐみ』

『つぐみ』

　不意にどこからか、ささやくような声が繰り返しつぐみ先生を呼んだ。

「!?」

　つぐみ先生は驚いて周囲を見回す。

　それは女の子とも大人の女性とも取れるような不思議な声で、決して大きな声ではないのに温室中に響き、ただつぐみ先生を呼んでいる。

『つぐみ』

『つぐみ』

「誰……!?　どこにいるの？」

　顔をきょろきょろ動かすつぐみ先生に、私は努めて平静を装い、「どうしたんですか」と訊ねた。

「鷺沼さん、あなたには聞こえないの？」

「何がですか？」

「声よ、どこからか私を呼ぶ声が――」

「声？　何も聞こえませんが」

「えっ――」

　つぐみ先生が絶句している間にも、『つぐみ』『つぐみ』と呼ぶ声は温室中に響く。

　私はこれが聞こえないふりをする役目なのだ。

　つぐみ先生との話を翌日に延ばしたのは、六区が温室に細工する時間を稼ぐため。あのあと六区は、ろくでもないことに付き合ってくれる悪友たちを総動員して、この温室に変声機やらスピーカーやらを仕込んだ。大きな木が多いトロピカル植物コーナーでつぐみ先生と話すように指定してきたのも、機材や自分たちの姿を隠しやすいからだ。そう、変声機を通してつぐみ先生を呼んでいるのは六区である。傍（そば）には茉凛先生も潜んでいるはずだった。

そして、もちろん六区の企み(たくら)は、ただつぐみ先生を驚かすだけではない。大きなヤシの木の葉陰(はかげ)に、恐慌(きょうこう)状態に陥(おちい)っているつぐみ先生の頭上に、ふと影が差した。

白い羽を生やした天使のようなシルエットが見えた。

「！」

つぐみ先生は目を疑うように両目を擦った。不思議な声がまた響く。

『つぐみ……私はあなたのためにやって来た《恋の天使》です』

――ああ、とうとうインチキが名乗ってしまった！

もちろんあの天使の人形(シルエット)も、六区の仕込みである。いい大人がこんな茶番に騙(だま)されるわけがないと私は止めたのだけれど、六区は絶対大丈夫と言い張り、強引にこの作戦を押し切ったのだ。

とにかく、ここまで来たらもう後戻りは出来ない。何も聞こえない、何も見えないふりをするのが私の仕事。必死にきょとんとした顔を作って上を見上げる。

「先生、上に何かあるんですか？」

「鷺沼さん、本当に見えないの？　あれが――あの、天使の姿が――」

「天使？」

「そうよ、《恋の天使》よ。本当にいたんだわ――！」

つぐみ先生は、紅潮した頰に両手を当て、キラキラ潤む瞳で天使のシルエットを見つめている。

——信じた!?

まさかいい大人が信じるわけないと思ったのに……!?

茉凛先生みたいに酔ってるわけじゃないよね、やっぱり底抜けに純粋なだけ!?

今度はむしろ私の方が動揺を深め、つぐみ先生はぽうっとした表情で《恋の天使》の声を聞いている。

『つぐみ……私はあなたのためにやって来ました。あなたには叶えたい恋があるのではないですか？　今度こそ、と思っている恋が——』

「天使様——」

つぐみ先生は目の前にいる私の存在など忘れ果てたように、茉凛先生とのことをつらつらと話し始めた。

「私が鷺ノ院学園に転校してきたのは、中学二年の二学期でした。転校前もそうだったのですが、やっぱり外見が老けているせいで大人っぽく見られ、ただ口下手なだけなのにクールな性格だと思われ、そのイメージを裏切れなくて、周囲が求めるキャラクターを演じていました。本当の私は、可愛いものが大好きで、少女漫画や乙女ゲーに夢中で、自分でメルヘンな物語を考えては書き散らかすような子なのに。

　転校してきてすぐ、この大きな温室を気に入りました。こういう温室で恋が始まったお話を読んだこともあるし、暇さえあれば温室の隅でいろいろ想像を膨らませ、思いついたストーリーをノートに書き連ねるようになりました。

　そんなある日、いつものように温室で小説を書いていたところ、クラスメイトが捜しに来たので、慌てて傍に敷かれていたシートの下にノートを隠して外に出ました。

　その後、また温室へノートを取りに戻ると、シートの下にノートはありませんでした。私は真っ青になりました。名前は書いていなかったので私のノートだとはわからないだろうけど、《恋の天使》なんてメルヘン丸出しなあの物語を人に読まれてしまったらと思うと恐ろしい。ううん、もしかしたら、筆跡から私のものだと見当を付けられることもあるかも——。

　それから数日、私は生きた心地がしないまま、ノートが気になって温室を覗き続けました。そうしてある日、同じ場所にノートが置いてあるのを見つけたのです。中を見ると、可愛いイラストが描かれていました。誰かはわかりませんが、私の小説を読んで挿絵を付けてくれたのです。

無性に嬉しくなって、私は物語の続きを書き、思い切ってまた同じ場所に隠して帰りました。すると数日後、新しいイラストが描かれたノートがそこに置かれていたのです。

お互いに相手が誰だかわからないまま、物語とイラストで交流する楽しい日々が続きました。

そして数カ月が経ったバレンタインデーの放課後、いつものように物語の続きを書いたノートを隠しに温室へ行くと、そこにちょうど同じクラスの男の子がやって来たのです。

彼は目白真凛（めじろまりん）くんといって、とても綺麗な顔立ちをした子で、でも人と馴（な）れ合うことがあまりなくて、ミステリアスな美少年として知られていました。私は咄嗟に素知らぬ顔でノートを背中に隠しましたが、真凛くんは驚いた顔で、そのノートは私のものかと確認してきました。

びっくりしました。私のメルヘン小説に可愛いイラストを描いてくれていたのは、真凛くんだったのです。

話をしてみると、お互いに周囲から勝手なイメージを抱かれて苦労している仲間だとわかりました。モデル張りの神秘的な美少年・真凛くんは、本当は可愛いイラストを描くのが大好きな男の子だったのです。私たちは秘密を共有する同志となりました。

私の小説は自己満足の域を出ませんが、真凛くんのイラストはプロ級だと思いました。

どこかに投稿してみるべきだと勧めて、高二の時、それが雑誌の賞をもらった時には自分のことのように嬉しかった。真凛くんには少しずつイラストの仕事が入るようになって、そのひとつひとつが私にとっても宝物になりました。いつか、乙女ゲーのキャラデザとかも出来たらいいね、絶対買うから！　と私ははしゃいでいました。

真凛くんのことを好きになっている自覚はありました。

でも、ゲームや小説の中ならともかく、現実での告白なんてどうすればいいのかわからなくて出来ませんでした。今の関係が壊れてしまうかもしれないのも怖かった。こんな自分にこそ、《恋の天使》が協力してくれればいいのにと思いました。

こっそり悩み続けていたものの、高校生活の終わりが押し迫ってくると、さすがに覚悟を決めなければならないという気持ちにもなってきました。真凛くんとは卒業後の進路は別々になるだろうし、告白するなら今しかないとはわかっていました。

だから、高校最後のバレンタイン、思い切って真凛くんにチョコを渡すことにしました。真凛くんがチョコを苦手にしていることは知っていたけど、想いを告白するきっかけとしては、やっぱりバレンタインデーを利用するしかないと思ったのです。

ただ、あんまり気張って手作りとか高級チョコを渡すのも恥ずかしかったので、そこそこのものを選んだのが悪かったのか、真凛くんは頭から義理チョコだと思っているようでした。そう取られてしまうと、違うとも言い出しにくく、結局告白は出来ませんでした。

それ以降は、悔しいやら悲しいやら恥ずかしいやらで意地になってしまって、まともに真凜くんと接することも出来ないまま、卒業を迎えました。

そのまますっかり真凜くんとは疎遠になり、私は大学卒業後、母校の鷺ノ院で教師になりました。やっぱり外見からのイメージでクールなキャラだと思われながら、でも真凜くんがイラストを担当した作品はすべてチェックしていました。

二年前、『チョコレートの王子様』というゲームも買いました。私のところにも、チョコレートの王子様が来てくれればいいのにと思いました。ゲームの趣旨とは違うかもしれないけれど、私だったら片想いの相手との恋を叶えて、それでおしまいにするのに。

結局、このゲームは、片想いの相手とのハッピーエンドばかり繰り返して、チョコレートの王子様たちの攻略はしませんでした。そういうユーザーがいてもいいと思いました。私以外にも、そんな女の子はきっといると——。

卒業後、何度かあった高校の同窓会も、真凜くんと顔を合わせるのが怖くて行かないまま、去年の秋のことでした。街の書店で、偶然真凜くんと再会しました。

久しぶりに会った真凜くんは、すっかり洗練されたイケメンになってしまっていて、でもこれも相変わらずお姉さんと妹さんにコーディネイトされてるだけなのかなと思うと、少し可笑しくなったりもして、何を言っていいのかわからないまま、適当な挨拶だけを交わして別れそうになりました。

その時、咄嗟に口が動いて、「仕事をお願いしたいんだけど」と真凜くんを引き留めました。学校の宿題でチョコレート・アンソロジー小説を企画しているから、挿絵をお願いしたいと。頭の中はパニック状態で、本当に口が勝手に喋っている感じでした。スケジュールならなんとかなると言って、真凜くんは私の依頼を受けてくれました。

あとは、口から出まかせの仕事を真実にするしかない――。私は本当にそれを冬休みの宿題にしました。学校の宿題で恋愛小説を書けなんて無茶だとは思いましたが、せっかく真凜くんにイラストを描いてもらうなら、ラブストーリーが一番合うと思ったのです。

挿絵を描いてくれるのはイラストレーターの『夕凪茉凛』だと言うと、一部の女子生徒がざわつきました。自分のクラスの子が彼を知っているのだと思うと、有名になった真凜くんが誇らしく、内心の嬉しさを隠すのが大変でした。

でも、彼との繋がりをとりあえず作ったはいいものの、これからどうしよう？　依頼の確認に託けて連絡を取り、さりげなく彼がまだ独身であることは探り出したけれど、彼女の有無まではさすがに訊けませんでした。

彼が優しい性格なのはわかっているし、忙しい中、同級生の誼で仕事を受けてくれたのだと思います。それはそれとして、十年前のことを彼はどう思っているのか。あのバレンタインデーから急に態度がおかしくなった私のことを、どう思っているのだろう――。

今後のことを悩みながら、冬休みが明けました。宿題の小説が提出されてきて、その中の一作を読んで驚きました。学校の温室を舞台に繰り広げられる、まるで私と真凛くんそのもののようなお話があったのです。

――一体、どこからこのネタを？

気になってたまらなくて、それを書いた生徒に着想のきっかけを訊ねました。すると、人に聞かれたくない事情があると言って、この温室へ誘われたのです――」


一通りの経緯を語り終えたつぐみ先生は、改めて私を見た。やっと、私の存在を思い出したという顔だった。

「……鷺沼さん、あなたはどうして、あの物語を――？」

それに関しては、天啓の如く突然閃いた、まるで神の声のように物語が降ってきて、それを書いただけ、でもそんなことを言っても信じてもらえるか――という風に答えろと六区に言われている。暗に、《恋の天使》の啓示によって書いたのだとつぐみ先生に思い込ませろ、ということだ。

　私がまた台本どおりの台詞を言おうとした時だった。近くの茂みの陰から、茶髪のイケメンが転がり出てきた。

「つぐみちゃん……！」

「え、真凛くん……!?」

　つぐみ先生は瞳（め）を丸くして茉凛先生を見つめ、私としても、台本にない展開になってしまったので開きかけた口を噤（つぐ）んだ。

　今日のところは、メルヘン展開のどさくさでつぐみ先生の気持ちを確認するのが目的で、それを踏まえて今後の動き方は改めて考える——ということになっていたのに。つぐみ先生の本心が嬉しくて、茉凛先生は隠れていることが出来なくなってしまったのだろう。それは確かに茉凛先生としては嬉しいだろうけど、ここで出て来られてしまったら、事態をどう収拾すればいいのか……！

　頭を抱える私を通り越して、つぐみ先生は茉凛先生に訊ねる。

「真凛くん、どうしてここに……？」

「えっと——その、そう、《恋の天使》に連れてきてもらったんだ。突然、ふわーっと、魔法みたいな力で——」

　なんとかメルヘンな方向で言い繕（つくろ）おうとした茉凛先生だったけれど、嘘（うそ）をつけない性格らしく、途中で諦めたようにため息をつき、茂みの奥にいた六区を引っ張り出してきた。

「——中等科の、鷺沼六区くん？」

天使のような美少年・六区はトラブルメーカーとしても学園内で有名なので、つぐみ先生も顔は知っていたらしい。訳がわからないというように六区を見つめたつぐみ先生は、やがて茂みの奥に大仰な音響機械を見つけ、途端に表情を険しくした。

「これは、どういうこと……!?　全部悪戯なの!?　あの天使も!?」

「あれは人形に玩具の羽を付けただけですよ」

六区は悪怯れない表情でヤシの木を見上げる。

「——」

こめかみを押さえて沈黙したつぐみ先生は、しばらく考えて大体の事情を察したらしく、茉凛先生をキッと睨んだ。

「真凛くん、あなたが十年前のことをこの子たちに話したのね？　うちの生徒をこんなことに巻き込むなんて、何考えてるの！」

「ご、ごめん……。なんというか、なりゆきで——」

イケメン茉凛先生は首を竦めて謝る。

「なりゆき!?　どんななりゆきがあったら、こんな悪戯をしようなんて話になるの」

「悪戯じゃないよ、僕はつぐみちゃんの気持ちが知りたくて――」

「私の気持ち、って」

つぐみ先生はそこでぷつっと言葉を切り、さっき《恋の天使》に向かって語ったことを思い出したようだった。

「～～～～っ」

一気に顔を真っ赤にすると、私と六区に向かって叫ぶ。

「お願い、ここで聞いたことは口外しないでちょうだい！」

私は当然そのつもりでいたのでこくこくと頷いたけれど、六区は不敵な笑みを浮かべてつぐみ先生を見る。

「黙っていて差し上げてもいいですが、その代わり、条件があります」

「条件？」

つぐみ先生は眉間に皺を寄せ、私も何を言い出すのかと六区を見遣った。

「十年前の茉凛先生とのバレンタインをきちんとやり直すこと。それと、ココちゃんの作品を優秀作に選ぶこと――。この条件を呑んでくださるなら、僕は誰にも今日のことを話しませんよ」

「ちょっと六区、何考えてるの、先生を脅す気⁉」

つぐみ先生が反応するより先に、私は六区を怒鳴りつけた。

けれど六区は悪怯れない顔でつぐみ先生に言う。

「どっちも別に難しいことじゃないですよね？　茉凛先生に対してはただ素直になるだけだし、チョコレート・アンソロジーの掲載作を選ぶのも先生自身だし。他の誰かに迷惑をかけるわけでもない、先生ひとりの裁量でどうとでもなることでしょう」

「——……」

つぐみ先生はくちびるを噛んでしばし沈黙したあと、低い声で六区に訊ねた。

「あなたは、どうしてそんなことを私に望むの？　真凛くんと共謀してるの？」

その言葉に茉凛先生はぶるぶる頭を振り、六区は明るい声で答える。

「すべて僕が考えたことですよ。僕は夕凪茉凛先生の大ファンなので、姉のココちゃんが書いた小説にイラストを付けてもらえたら嬉しいし、つぐみ先生にずっと片想いしている茉凛先生の恋も応援したい、つぐみ先生と茉凛先生は非常に美味しいカップルなのでぜひくっつけたい。それだけのことです」

「くっつけたい、それだけのこと、って——」

さらっと茉凛先生の気持ちを教えられ、つぐみ先生は絶句した。その横で私も苦笑いする。六区、あんた自分の欲望に正直過ぎるわよ——！

でも、わかった。六区は初めからこの展開を読んでいたのだ。《恋の天使》ごっこをそのままメルヘンで終わらせる気はなくて、つぐみ先生の気持ちを聞いた茉凛先生が飛び出して行くこと、それでつぐみ先生を我に返らせ、こんな条件を出して先生を脅すところまで計画の内だったのだ。

悟った表情をしている私に、六区がこそっとささやく。

(だってしょうがないだろ。この純情過ぎる大人ふたりは、誰かが突いてやらないと先へ進めないいんだから。ラブ展開を美味しい方向へ導くためなら、僕は天使にだって悪魔にだってなるよ)

確かに、茉凛先生はともかく意地っ張りなつぐみ先生にしてみれば、こんな交換条件を出された方が、仕方がないと思って動きやすいのかもしれない。恋の天使だか悪魔だかわからないものに脅されて、それでもふたりの仲が進展するならいいのだろうか……？　何にせよ、ふたりが両想いなのは確かなのだから。

ふてぶてしい美少年の《恋の天使》を、つぐみ先生はしばらく睨んでいたけれど、やがてふうっと大きくため息をついた。

「――わかったわ。条件を呑むから、黙っていてちょうだい」

六区は天使の美貌に悪魔の微笑みを浮かべ、「かしこまりました」と気取ったお辞儀をした。

　そんな六区にもう一度ため息をついたつぐみ先生は、いささか開き直った表情で茉凛先生に向かって訊ねた。

「真凛くん――私が十年前にあげたチョコは、結局どうなったの？」

「あ、あれは――どう受け取っていいのか悩んだまましまい込んでいたら、何年か経って、部屋を勝手に掃除した母親が『賞味期限の切れたチョコがあったから捨てといたわよ』と……」

「ええっ？」

「ごめん、今度はちゃんとすぐ食べるから！　だから――また僕にチョコをくれる？」

中身は残念だけど、見た目だけはとにかく極上のイケメンにチョコをねだられ、

「……しょうがないわね、もう」

プンと横を向くつぐみ先生の表情は、けれど決して怒ってはいなかったのだった。


　そうして明日はバレンタインデー。

「まさか、ふたりの様子を覗きに行くとか言わないわよね？」

恐る恐る訊ねる私に、六区は意味深な笑顔を向けた。

「覗きには行かないけど、もしまたつぐみ先生の意地っ張りか茉凛先生の残念な純情が発動してうまくいかなかったら、引き続き《恋の天使》が協力してあげなきゃいけないね」

この物見高い《恋の天使》は、どこまで人の恋路に首突っ込む気なの!?

「それはそうと、ココちゃんは誰かにチョコあげるの？」

「別に、いつもみたいに友チョコだけよ」

「え、僕にはくれないの？」

「あんたとお父さんにもちゃんとあげるわよ。友チョコと一緒のやつだけど」

どうせ六区は茉凛先生みたいに女の子から逃げて温室に隠れるような可愛げはないから、今年も大漁だろう。私からねだらなくてもいいだろうに。

ふん、と横を向く私に、六区が再び意味深な笑顔で言った。

「ココちゃんに好きな人が出来たら、僕が《恋の天使》をやってあげるからね」

冗談じゃない！　こんな、悪魔のような天使に引っ掻き回されるくらいなら、一生恋なんかしなくていいし――！

ひろいずむ六区

～うちの時空を超えた弟が～

目が覚めたら、歌って踊れる異世界でした

都下某所に広大な敷地を有する私立鷺ノ院学園。私こと鷺沼湖子は、高等科一年に籍を置く、ごく普通の女子高生である。

である——はずなのに。

なんだか寝心地が悪いな……と思いながら寝返りを打って目を覚ますと、よくわからない事態に陥っていた。私はよそ行きの青いワンピースを着た恰好で固い地面に寝転がっており、傍には白いワンピースを着た弟の六区も寝ていて、周りをたくさんの人に囲まれている。

「!?」

慌てて飛び起き、私は目を剝いた。

驚いたのは、弟が女装していることに対してではない。白い肌にピンクの頰、長い睫毛にぷるんぷるんのくちびる——天使のような寝顔を惜しげもなく晒している中学二年男子

のこの弟は、何かといえば女の子の恰好をしたがる悪癖の持ち主なので、ワンピースを着ていようがセーラー服を着ていようが、今さら驚くことではない。

そんなことより問題は、私たちを取り囲んでいるのが、金属のごつい鎧で身を固め、くどいほど彫りの深い顔立ちをした外国人兵士の集団だということだった。

しかもさらにその向こうを見渡せば、ここが古代ローマの円形闘技場のような場所だとわかる。すり鉢階段状の席には大勢の観客らしき人々もいた。私と六区は、広い闘技場の真ん中にいるのだ。

——何これ!?　ここどこ!?

目が覚めたと思ったのは間違いで、まだ夢を見てるの!?

状況が呑み込めず、唖然とする私の一方で、こちらを取り囲む兵士たちもざわざわしている。

「なんだ、この娘たちは……」

「何もないところから、突然現れたぞ……」

兵士たちは、私たちと微妙な距離を取りつつ、まるで幽霊でも見るように怖々とこちらの様子を窺っている。私はといえば、彼らのささやき合う言葉にもびっくりしていた。どう見てもラテン系の顔立ちをした外国人なのに、どうして日本語を話してるんだろう?

兵士たちの使用言語に驚いたあと、その言葉の内容がやっと頭の中に入ってきた。

——突然、現れた？　何もないところから？　何それ？

とにかく六区を起こそうと（これだけ大勢の人に囲まれているのに眠っていられるなんて、太い神経だ！）、隣で寝ている弟の肩を揺すった時、兵士たちの輪を掻き分けて、身なりの良い青年がふたり現れた。

身なりが良いといっても、ピシッとしたスーツを着ているわけではない。襞がいっぱい折り込まれた、古代ローマ風の衣装。トーガとかいうやつ？（いつだったか、六区と母がこういう人たちの出てくる映画のＤＶＤを見てたのを、横目で眺めたことがある）その上に豪華な刺繍が施された長いマントを纏い、全身に金銀宝石のアクセサリーもジャラジャラ付けている。

見るからにお金持ちそうな青年たちは、柔和な顔立ちをしている方が金髪に緑の瞳で青いマント、偉そうで眼光の鋭い方は黒髪に青い瞳で赤いマント。それぞれ後ろに、茶色いローブのフードを深く被ったお付きのような老人を連れていた。

なんだろう、この人たち——と私が首を傾げた時。

ジャーン！　と、どこからか銅鑼を叩いたような音が響いた。

続いて太鼓がドコドコ鳴り出し、笛や竪琴を奏でる楽隊が現れた。その演奏に合わせ、周りを囲んでいた兵士たちが踊り出したかと思うと、さらにはセクシーな衣装を着た若い女性や貴婦人風の女性たちの集団も乱入してきて、総勢三桁(けた)はあろうかという人数が私たちの周りで踊りまくり始めた。

なっ――何!? フラッシュモブ!? インド映画!?

重そうな鎧を着た兵士が細かいステップを踏んでみせれば、ヒラヒラの衣装を纏った女性がバク宙を決めてみせる。いつの間にか子供や犬までおり、様々な軽業(かるわざ)を披露する。

呆気(あっけ)に取られるしかない私の前で、とうとうコーラス付きの歌まで始まった。

♪ここはマリゴール帝国（おお、栄えあれ！）

♪建国以来の家柄　ファレゴラン将軍家（おお、栄えあれ！）

♪兄はユリウス　金髪に緑の瞳の読書家（優しさにとろけちゃう）

♪弟はアレウス　黒髪に青い瞳の美丈夫（傲慢(ごうまん)なのが魅力なの）

♪おお、栄えあれ！

♪栄えあれ、マリゴール！

♪栄えあれ、ファレゴラン！

仰々しいレトロな服装でキレッキレのストリートダンス——絵面はものすごく現実離れしてるけど、わかりやすいといえばわかりやすい登場人物紹介だった。ここはマリゴールという国で、身なりの良いふたりの青年は、金髪の方がお兄さんのユリウスで、黒髪が弟のアレウス、優しい兄と傲慢な弟、ってことね。

それはわかったけど、私たちがなぜそのマリゴール帝国とやらにいるのか、という疑問への答えも教えてもらえないだろうか。

歌が終わった途端、ダンサーと楽隊は潮が引くようにどこかへ消えてしまい、周りには兵士たちとファレゴラン将軍家の兄弟だけが残った元の状態である。

ひたすら戸惑っている私を、傲慢な性格と紹介されたアレウスさんは冷たい眼で見下ろし、「なんだ、女か——」とつまらなさそうに言い捨てた。

一方、優しい人柄と紹介されたユリウスさんは、人を和ませるような微笑みを浮かべ、地面に座り込んでいる私の前で屈むと、視線を合わせてから訊ねる。

「お嬢さん、あなた方は、どちらからどうやっていらっしゃいましたか？」

間近で見ても、完璧な外国人顔。そして時代がかった服装。それなのに流暢な日本語で話しかけられるのがとてつもない違和感だったけれど、これが夢なら、そういう都合の良さも理解出来る。

「あ、えっと、私たちは――」

　夢の中で真面目な返答をしてもしょうがない気がした。だからといって、ではこの場面でどういう答えを返せばいいのかもわからない。こういう、ぶっ飛んだ設定に乗っからなければならない時は、六区の出番だ。私はまだ寝ている弟の肩を再び揺すった。

「ちょっと、六区！　いい加減に起きなさい！　この賑やかな状況で寝てられるなんて、どんだけ神経太いのよ！」

「んん～……？」

　やっと目を覚ました六区が、目を擦り擦り周りを見ながら言う。

「あれ、なんだか大勢人がいるね。――何ここ、古代ローマ村？」

「そんな村あるの⁉」

「知らないけど、なんだか周りの人たちの恰好がそんな感じだから」

「目が覚めたらここにいたのよ。でもまだ夢の中という可能性も捨てきれなくて、何がなんだか――」

　こそこそと話している私たちの様子をしばらく黙って眺めていたユリウスさんが、ふと六区に視線を定め、口を開いた。

「あれ――君、女の子みたいな恰好しているけど、もしかして男の子？」

なんと、美少女扮装中の六区の性別を一目で看破するとは、凄腕占い師・マダム千本木以来の眼力！

思わず感心の眼差しをユリウスさんに向けていると、立ち去ろうとしていたアレウスさんが足を止めて振り返った。

「少年だと？」

「なんだ、すぐバレちゃうと面白くないなあ」

悪怯れずに男であることを認める六区に、周りを囲む兵士たちもざわつき始める。

「少年……!?」

「美少年か……！」

ざわざわは観客席の方にまで伝染し、闘技場全体がざわめきながら六区に視線を集中させている。徒ならぬ空気がピリピリと肌を刺し、その感覚の鮮やかさと生々しさに、私はぶるっと震えた。

——何？　やっぱりこれは夢じゃなくて現実？　ここは、男の子が女装をしていたら罪になるとか、そういう国だったりするの？　だからこんな悪趣味はやめろと常々注意してたのに——！

私は焦って六区の前に出て弟を庇おうとしたけれど、つかつかと歩み寄ってきたアレウスさんに事も無げに引き剝がされてしまった。ポイと捨てられたその勢いで転びそうになった私を、ユリウスさんが抱き留めてくれた。

「あ、ありがとうございます」

アレウスさんは私になど目もくれず、六区の腕を取って立ち上がらせると、その天使の美貌（びぼう）をしげしげと見つめた。

「なるほど——すこぶるつきの美少年だ。おまえ、俺の持ち物になるか？」

「はあ⁉」

六区が反応する前に声を上げてしまったのは私である。

そして、私の叫び声が合図にでもなったかのように、またどこからか楽隊とダンサーが現れて、歌い踊り始めた。

♪ここはマリゴール　美少年を愛する国（ＦＵ！）

♪女装の美少年が正義なの（ＷＡＯ！）

♪美少年が財産なの（ＨＥＹ！）

♪生まれるべきは美少年　美少年は最高！（Ｙｅａｈ！）

何がなんだかわからない～！

いや、女装が罪というわけではないのはわかった。それどころか、女装の美少年が貴ばれる国だというのもわかったけれど、どうして私たちがそんな奇妙な国に!?

これは夢だと思いたい。それは山々なれど、私は今までこんな奇妙なテンションの夢を見たことはない。何より、いつも女装趣味の弟に迷惑をかけられ通しの私が、女装の美少年がちやほやされる世界の夢なんて見るわけがない。

こういう言い方も変だけど、これはすごく私の夢らしくない。夢ではないというなら、現実ということになるけれど、それはそれで大問題だ。

お願い、誰か、状況を説明して――！


頭を抱える私をよそに、私たちの処遇はファレゴラン将軍家の兄弟によって勝手に決められてしまった。

弟のアレウスさんが六区を取り、私は兄のユリウスさんに引き取られることになった。

何しろ自分の置かれた境遇がまったくわからず、行く当てもないとなれば、彼らに逆らいきることも出来ない。馬車に乗せられた私と六区は、闘技場から程近いファレゴラン将軍家の宮殿に連れて行かれた。そこは壮麗な石造りの、まさに宮殿だった。

幻想的な動植物が彫刻された立派な門を潜った先は広場のようになっており、そこにまたどこからともなく楽隊とダンサーが現れて歌い踊り始めた。

♪ここはファレゴラン将軍家（おお、栄えあれ！）
♪歴史が積み上げられた宮殿（天才技師が設計したの）
♪青の館はユリウス様（花が咲き乱れているの）
♪赤の館はアレウス様（動物が駆け回っているの）
♪おお、栄えあれ、ファレゴラン！

要するに、ユリウスさんとアレウスさんは大きな宮殿の中で別々の棟に住んでいるらしい。私は六区と引き離され、青の館と呼ばれるユリウスさんの住居に通された。そうして生成り（きなり）色の貫頭衣（かんとうい）に着替えさせられたあと、

「ごめんね、君にはここで召し使いとして働いてもらうことになるのだけれど――」

申し訳なさそうに言うユリウスさんに、私は頭（かぶり）を振った。

どこから来たのかもわからない人間に寝床を与えてくれるだけでも十分に奇特な所業で、

謝っていただく筋合いはありませんから。

私の世話を任された召し使いの女性に館の中を案内され、召し使いの仕事を説明されながら、私は必死に今の状況を理解しようと頭をフル回転させた。

——そう、ユリウスさんは何も悪くない。問題は、状況が理解出来ないことにある。私は日本の首都・東京都下に暮らす平凡な高校生。それが、一体全体どうしてこんな、古代ローマ風の美少年至上主義な国へ迷い込んでしまったのか？（なんとなくの雰囲気から古代ローマ風の文化だと思ったけれど、厳密に見てそうなのかどうかは、私の乏しい知識では判断しきれない）

石畳の道を馬車に揺られて移動するという初めての経験で感じたお尻の痛さは、とてもリアルだった。この感覚を信じるなら、たぶんこれは夢じゃない。でもマリゴールなんて国、聞いたこともない。馬車の中でユリウスさんに質問してもみたけれど、彼は日本もヨーロッパもアメリカも知らなかった。それなのに日本語を喋ってるってどういうこと？

そもそも、あの円形闘技場で目が覚める前、自分が何をしていたのかがとんと思い出せない。ベッドに入って眠っていたのか、それともリビングで昼寝でもしていたのか。よそ行きのワンピースを着ていることからして、もしかしたら外出先での居眠り？　でも、どこで？　六区も女装していたということは、私は六区にくっついてどこかに出かけた？

どんなに頑張って記憶を遡ろうとしても、眠る前のことがまったく思い出せなかった。着ているワンピースが長袖だから、季節は真夏以外だったんだろうと想像がつくけれど、わかるのはそれだけだ。自分のことなのに、こんなに何もわからなくなってしまうことなんてあるのだろうか。

六区の方はどうなのだろう。あの子は、眠る前に何をしていたのか、覚えていたりしないだろうか――。

と、弟の顔を思い浮かべた私は、ふと考え事から醒め、いつの間にか召し使いの先輩とはぐれていたことに気がついた。どこをどう歩いてきたのか、白い石造りの柱が立ち並ぶ渡り廊下にひとりぼっちである。

「あれ、どうしよう――」

慌てて周りを見回した時、六区が庭の向こうから走ってきた。

「ココちゃん！」

六区は緋色の豪華な襞服を着せられ、全身に黄金のアクセサリーをジャラジャラ付けていた。まるでアレウスさんとお揃いである。

「あんた、何よその恰好」

私は粗末な召し使い用貫頭衣なのに。

「なんかね、今度、皇帝陛下主催の美少年コンテストがあるんだって。僕をそれに出場させたいから、着飾って舞い踊る練習をしろって言われて、こんな服を着せられたんだよ。でもココちゃんのことが心配だったから、抜け出してきちゃった」

「そんなことして、大丈夫なの？　アレウスさんって怖そうな人だったけど――」

弟の身が心配になりつつも、話し相手が来てくれて正直助かった。改めて、これは夢なのか、夢じゃないなら何なのかを相談してみると、六区は明るい声で断言した。

「これは異世界トリップだよ！」

「はあっ？」

「ここは地球上にある国じゃない。僕たちは異世界に迷い込んでしまったんだよ」

「そんな、馬鹿(ばか)な――異世界トリップなんて、漫画や小説の中のことでしょ」

母の少女漫画や小説蔵書を読んで育った六区は、実に想像力豊かな、もっと言えば妄想(もうそう)力豊かな少年に育った。確かにこういうファンタジーチックな世界は、六区の大好物だろう。でも私は、異世界トリップなんて現実に起こることだとは思えない。じゃあ私たちが今置かれている状況は何なのか、と言われると答えられないけれど、断じて、異世界トリップなんて非現実的な現象は認めたくない――！

悩み悶(もだ)える私に対し、六区は実に楽しげに声を弾ませて言う。

「ワクワクするよね。こんな経験、滅多に出来ることじゃないよ」

「何がワクワクよ、もっと物事を現実的に見なさいよ」

「現実的に見てるよ。ココちゃんだって、ここへ来る間も、宮殿の中に入ってからも、文明の利器が何もなかったことに気づいてるでしょ。道路に電柱は立ってないし、自動車も走ってない、電化製品が何もない。僕たちが暮らしていた二十一世紀の日本とは、文明がまったく違う異世界なんだよ」

「そんな馬鹿な……」

「文明だけじゃなくて、文化も違うか。この国は、何をするにも歌って踊るみたいだね。着替えさせられる時も、召し使いさんたちは踊りながらだったし、訊いてみたら、会議も踊る、処刑も踊るらしいよ」

「そんな馬鹿な……」

　私は馬鹿のひとつ覚えみたいに、「そんな馬鹿な」を繰り返すしかなかった。

　歌って踊りながら会議をして決めた法律なんて信用ならないし、周りで歌い踊られながら処刑されるなんて真っ平御免だ。

「……確かに、文化と文明が違うのはそのとおりだと思う。それは認める。でも、ここが異世界だとしたら、なぜ言葉が通じるの？　世界も常識も違うのに、言葉は同じだなんておかしいじゃない。そこだけ都合が良過ぎない？」

私の意見に、六区はやはりあっけらかんと言う。

「都合が悪いならともかく、いいなら、気にすることはないじゃん。ラッキー♪　と思って甘えておけばいいんだよ」

「そんな簡単に受け入れられる問題じゃないでしょう!?　だって不自然じゃない、違う世界に迷い込んだなら、一番に困るのは言葉のはずなのに、そこがあっさりクリアされてるなんて、おかし過ぎる！」

つい興奮して大きな声を出した時、渡り廊下を赤いマントの青年が歩いてきた。アレウスさんだった。後ろにはさっきと同じように茶色いローブの老人を連れている。

（世話係のじいやなんだって、あれ）

六区がそう私にささやいた。

じいやは深く被ったフードの下で何やらもごもご言っているようだったけれど、アレウスさんはそれを聞いているのかどうなのか、相変わらず威圧的な雰囲気を漂わせながらこちらへ歩み寄り、六区の腕を取った。

「こんなところで何をしている。舞の稽古をしろと命じただろう」

「ごめんなさい。姉のことが気になって」

六区が上目遣いの瞳をうるうるさせ、素直に頭を下げて謝ると、アレウスさんは厳しい表情を少し緩ませた。これが六区の得意技なのだ。この可愛い仕種で謝られれば、大抵の人は何をされても許してしまう。

「出かけたい時は、俺に言え。おまえは俺の持ち物なのだからな、勝手は許さん」

アレウスさんが傲然と言って六区を連れ帰ろうとすると、そこへ青いマントのユリウスさんがやって来た。彼の後ろにも茶色いローブのじいやが付いている。

「アレウス、珍しいね、君が私の館の方へ来るなんて」

嬉しそうに話しかけるユリウスさんに対し、アレウスさんは苦虫を噛み潰したような顔で答える。

「俺の持ち物を連れ戻しに来ただけだ。——相変わらずこの館は、みすぼらしいな。いるのは女の召し使いばかりで、財産になるような美少年が見当たらない」

フン、とアレウスさんが厭味に笑った時、またどこからか楽隊とダンサーが現れた。

♪ここはマリゴール（おお、栄えあれ！）　美少年が財産なの
♪女装の似合う美少年を数多く所有するほど　権力を示せるの
♪将軍家とは　戦をする家にあらず

♪美少年の軍団(グループ)を指揮する家系
♪ここはファレゴラン将軍家(おお、栄えあれ!)
♪当代の将軍には息子がふたり(Oh~ユリウスとアレウス)
♪上の息子は召し使いが母親　下の息子は正妻が母親
♪上の息子は優しく人望(じんぼう)家　下の息子は手段を択(えら)ばず美少年を手に入れる
♪将軍家を継ぐのはどっち?(Oh~ユリウスとアレウス)
♪皇帝陛下の闘技会に勝つのはどっち?(Oh~ユリウスとアレウス)

この、何かというと歌って踊りながら状況を説明してくれるシステムは、アホらしいのか親切と言うべきなのか……(しかも、無駄に声の揃ったコーラスに、微妙にイラッと来たりもする)。

陣形を組んで踊るダンサーたちの動きに合わせ、邪魔にならないように私も立ち位置を移動させせながら、後ろでコーラスをしている人たちの中に召し使い先輩を発見しつつ、改めて歌詞を反芻(はんすう)してみれば、何やら聞き捨てならない情報だった。

つまり、ユリウスさんの母親は身分の低い女性で、アレウスさんは正妻の息子?　ふたりは将軍家の後継者争いの真っ只中、ということ？

（美味しいシチュエーションだね）

　六区が嬉しげにささやいてきた。

（ふたりの態度から見るに、アレウスさんの方は兄に敵対心を漲らせているけれど、ユリウスさんの方は弟に敵意がないみたいだ。それでも立場的には競い合わなければならない——これからどうなるのかな）

　興味津々といった風に、六区は大きな瞳を煌めかせる。他人様の家のお家騒動を楽しみにするなんて、不謹慎な。

　六区のささやき声が聞こえたわけでもないだろうけれど、アレウスさんがこちらを睨んだ。そして六区の腕を引いて私から引き離す。

「こちらへ来い。いくら姉でも、召し使いなどと親しくするな」

♪ここはマリゴール（おお、栄えあれ！）　女の価値は低いの

♪女は召し使いなの　美少年の召し使いなの

♪ここはマリゴール（おお、栄えあれ！）　女には辛いところなの……

そう悲しげな旋律で歌われると、

「女など、ただ子を生ませるための道具だ」

アレウスさんは傲然と言い放ち、六区を連れて去って行った。私はといえば、驚きに目を丸くしていた。

——なんて大胆な！　今時そんな不適切発言をしたら、世間から袋叩きの目に遭うこと間違いなしなのに！　謝罪会見まっしぐらなのに！（今すぐ会見場を押さえないと！）

それをこうも悪怯れずにさらっと言えてしまうのは、やっぱりここは常識の違う異世界だということ？　本当に六区の言うとおり、私たちは異世界トリップしてしまったの？

そんな馬鹿な——。

呆然と立ち尽くす私の傍らで、ユリウスさんのじいやがゴホゴホと咳き込んだ。

「大丈夫かい、じいや」

ユリウスさんはじいやの背中をさすり、二言三言何やら話してから、私の方を向いて優しく声をかけてくれた。

「君も大丈夫だった？　初めての場所で、迷子になってしまったのかな？　じゃあ、今日は館の中の案内はここまでにして、もうひとつの仕事の練習にしようか」

「もうひとつの、仕事……？」

にこやかなユリウスさんに連れて行かれたのは、笛や太鼓や鉄琴などが置かれた音楽室みたいな部屋だった。

「まず、基本のコーラスからやってみようか」

「え？」

「先輩が歌うお手本をよく聴いて」

「え、あの？」

戸惑う私に、召し使い先輩が教えてくれる。

「♪ここはマリゴール、のあとに、♪おお、栄えあれ、とコーラスを入れるの。聴いたことあるでしょ？」

それはまあ――今日だけでもう何度も聴きましたが。

――って、え？　まさか？　私にもあの、歌って踊るのをやれと？

「いえ、あの、私、出来ないです！　すごい音痴なんです！」

私は慌てて首をぶんぶん振った。ついでに全身もぶるぶる震わせて抵抗したけれど、取り合ってもらえず、歌わされることになってしまった。

「お、おお、さかえあれ――」

蚊の鳴くような声で歌った私に、ユリウスさんが不思議そうな顔で首を傾げる。

「……？　よく聴こえなかったな、もう一度」

「おお、さかえあれ――」

何度歌っても、私の歌は先輩と同じメロディにならないことに気づいたユリウスさんが、信じられないものでも見るように大きく瞳を瞠った。

「音程がない……!?　そんな馬鹿な――」

そんな真剣に驚かないでください。傷つくから。

「だから、私は音痴だと言ったじゃないですか――」

その後、歌だけでなく踊りの才能もまったくないことが証明された私は、歌って踊るお仕事を免除され、下働きに回されることになった。うん、無理に歌って踊らされるよりは、皿洗いや雑巾がけの方がよっぽど気が楽というもの。それで結構です。

だけど、女の身分が低い上に歌って踊ることも出来なくて、こんな世界で私、これからどうなってしまうんだろう――。

これは夢か、異世界か

夢の中か異世界かわからないマリゴール帝国へやって来た翌日。

私はユリウスさんの館で一生懸命掃除をしていた。とりあえず下働きの役にくらいは立つところを見せておかないと、路頭に迷いかねないと思ったからだ。

そうして一心不乱に大理石張りの廊下を水拭きしていたところ、夢中になり過ぎて、廊下の端に立っていた美少年の彫像に激突してしまった。

「あ痛っ」

ぶつけた頭と肩を押さえて顔をしかめてから、壁側に倒れて寄り掛かっている彫像を元の姿勢に戻した。――すると、彫像の右腕がぽろりと折れて、私の足元に転がった。

「――！」

折れた彫像の片腕を拾い上げ、私は真っ青になった。

古い家柄の将軍家に飾られているものだし、きっと恐ろしく高価な美術品に違いない。

弁償しろと言われたらどうしよう——！

　絶望的な気分で天を見上げた時だった。今まで靄（もや）がかかったようにはっきりしなかった頭の中の一カ所が、パッと晴れた。それは、この世界へ来る前の記憶だった。

　思い出した——！

　折れた彫像の腕を見つめ、私は深く頷（うなず）いた。

　そう、あれは春休みに入ってすぐのこと。六区が、夏休みの映画エキストラ事件で知り合った占い師・マダム千本木の別荘に誘われたのだ。いろんな業界の人が来るのだと聞き、六区は面白がって行くと返事をしてしまった。私としては、六区不在の家でだらだら過ごす誘惑にも惹（ひ）かれたけれど、弟がマダムの別荘で何をしでかすかが心配で、結局は落ち着かないだろうと思うと、一緒に行った方がマシといういつもの結論に到（いた）った。

　当たり前のように女装をした六区と共に、私も一応はお呼ばれなのでよそ行きのワンピースを着て、軽井沢（かるいざわ）にあるというマダムの別荘へ向かった。

　マダムの別荘は大きな洋館だった。他の客はまだ来ていなくて、私たちが一番乗りだった。別荘の中は高価な美術品だらけで、六区は好奇心丸出しに、それらの値段をいちいちマダムに訊ねていた。ウン百万やウン千万する美術品に、六区が変な悪戯（いたずら）をしやしないかと、私は胃をキリキリさせていた。

けれど――結果的に粗相をしてしまったのは、六区ではなく私だった。

別荘に到着したその日、マダムと一緒にお茶をした。その後、自分の部屋へ帰る途中、廊下でうっかり足をもつれさせて、近くにあった彫像に抱きついて押し倒してしまったのだ。その際に、彫像の片腕がぽっきり折れてしまった。それを見ていた六区が、ぽつりと言った。

「これ、確か五千万の彫像とか――」

そんな高価いもの、私に弁償出来るわけがない――！　と真っ青になったところで、記憶が途切れている。

「……」

私は、今再び手の中にある折れた彫像の片腕を見つめ、大きく深呼吸した。

要するに、マダムの別荘でとんでもない粗相をしてしまったショックと罪悪感で意識がプッツンし、異世界に迷い込んだなんてとんでもない設定の夢の中へ逃げ込んでしまった――ということ？

と、そこへ、どこからともなく他の召し使いたちが集まってきて、踊り出した。

♪大丈夫よ　ココ（元気を出して）

♪心から謝ればユリウス様は許してくださるわ（元気を出して、元気を出して——）
♪彫像の腕を折ったって　家宝の壺を割ったって
♪失敗なんて誰にでもあるの（そう、誰にでもね）

皆は私の失敗を慰めてくれているようだった。

それは有り難いけれど、なんだか釈然としない。

だって、逃避で夢を見ているなら、そこにはもっと自分に都合のいい世界観が構築されているものではなかろうか？　それなのに、言葉が通じるところだけは都合がいいものの、女の身分が低いわ、歌えない人間は役立たず扱いだわ、辛い現実から逃げ込んだ場所にしては、この世界って私に厳しい過ぎない……!?

とはいえ、失敗からの逃避以外に、こんな状況に陥る原因が思いつかない。ここが異世界だと言い張る六区も、夢の中の六区なのだ（もっともあの子は、夢の中だろうと現実だろうと、異世界トリップ説を主張しそうだけど）。

これが夢なら、いつかは醒める？　そうしたら、五千万の彫像の弁償をしなければならない。ううん、私がこうしておかしな夢を見ている間にも、家に連絡が行って、両親が弁償を迫られているかもしれない。

逃避してる場合じゃない。早く夢から醒めないと！
でもどうしたら、目が覚めるの――!?

その後、召し使いたちが言った（歌った）とおり、私の失敗をユリウスさんは咎めなかった。
これがアレウスさんだったら大変なことになっていた――という歌をひとくさり聴かされたあと、ユリウスさんが歌い始めた（やっぱり歌うのか、この人も！）。

♪ここはマリゴール（おお、栄えあれ！）
♪この国は間違っている（そうだ、間違っている）
♪美少年だけが愛されるなど
♪女性の地位を上げるべきだ（おお、情け深きユリウス様）
♪ここはファレゴラン将軍家（おお、栄えあれ！）
♪私は将軍の地位になど興味はない

♪なりたい者がなればいい　将軍になど
♪私は弟と争いたくない――（おお、情け深きユリウス様）

この世界が夢だという可能性が高まり、いよいよ私の感覚も麻痺(まひ)してきたのか、美しいテノールで切なく歌い上げたユリウスさんに、つい拍手を贈ってしまった。言葉で語られるより、歌うことで伝わってくる気持ちもあるんだなあ……。

確かに、この国は間違っている。美少年だけがちやほやされる世界なんておかしいと思うし、変えた方がいいと思うけれど、これが私の見ている夢だとするならば、悪いのは私ということになる。私が目覚めれば、ユリウスさんの苦悩も終わるのでは――？

なんだかもう、何もかも私が悪いような気がしてきた。

彫像の腕を折ってごめんなさい。夢なんか見ちゃってごめんなさい。

私がしょんぼり落ち込んでいると、ユリウスさんが気遣わしげに声をかけてきた。

「どうしたの？　彫像の腕を折ったことなら、本当に気にしなくていいよ。うちには、あんなものは腐るほどあるからね」

ユリウスさんの後ろで、じいやも何やらもごもご言っている。私にはよく聞き取れなかったけれど、ユリウスさんは頷いて、ポンと手を打った。

「そうだ、気分転換に、外へ出ようか。街を案内してあげるよ」

「えっ、でも、私は召し使いの仕事が――」

「廊下はとっくにピカピカじゃないか。こんなに光っている廊下は初めて見た。頑張ったご褒美だよ」

人望家と謳われるのもわかる優しさで、ユリウスさんは私を宮殿の外へ連れ出した。ちなみに、じいやも一緒である。

今日は散歩だからと馬車を使わず、歩いて出かけることになったのは助かった。自動車社会で生まれ育った私に、馬車移動は辛いのだ。

ファレゴラン将軍家から少し歩くと、賑やかな大通りに出た。道の両脇には石造りの建物や様々なものを売っている露店が並び、行き交う人や馬・牛・山羊などの動物も多く、その光景が外国の歴史映画かファンタジー映画を見ているようで、私は軽く目眩を覚えた。

「大丈夫かい？」

ふらついた私を、ユリウスさんが支えてくれる。

「大丈夫です。ちょっと、今さらカルチャーショックを受けただけなので……」

六区が言ったとおり、どこにも電柱や自動車は見当たらず、地球人類の歴史で言えばかなりの古代へ来てしまった感じだ。けれど、こんな時代の夢を好んで私が見るだろうか？

という疑問がずっと付き纏う（日本の時代劇の世界だったらまだわかるけど）。

　街の人々は皆、日本人とは違う髪や瞳の色、彫りの深い顔立ちをしているのに、漏れ聞こえてくる会話は日本語だった。そこを、貫頭衣にサンダルという召し使い姿で歩いている、本来は女子高生のはずの自分。その奇妙さが、また私を混乱させる。

　気分転換どころか、余計に頭の中がぐるぐるしてきたところ、通りの向こうから楽隊の賑やかな演奏が響いてきた。

「？」

　通りを歩く人たちが次々に道を開け、見えてきたのは、馬に乗ったアレウスさんを先頭にした大名行列（？）だった。赤いマントをなびかせるアレウスさんの後ろには、たくさんの美少女が従って歩いている。――でもたぶん、あれは本物の美少女ではなくて、女装の美少年だ。

　女装美少年の一番前を歩いているのは六区だった。十歳くらいの女装美少年ふたりが脇に付き、六区は襞のたっぷりした衣装に重そうなアクセサリーをたくさん付けて、えらくもったいぶった足取りで、ゆっくりゆっくり歩を進める。――なんか、似たようなのをどこかで見たことあるような。

　ああ、あれだ。時代劇の花魁（おいらん）道中。六区は太夫（たゆう）格なのかしら。

♪ここはマリゴール（おお、栄えあれ！）
♪ファレゴラン将軍家の美少年はハイクオリティ
♪アレウス様はこうやって　お気に入りをお披露目する
♪なんて美しい（Ｈａｈａｈａ、ハイクオリティ）
♪なんて麗しい（Ｈａｈａｈａ、ハイクオリティ）
♪ファレゴラン将軍家に栄えあれ！（おお、栄えあれ！）

　道行く人々が一瞬にしてダンサーと歌手に早変わり、その展開に最早慣れてきてしまった自分に憮然とする。要するにこの花魁道中もどきは、六区のお披露目ということか。

　と、こちらに気づいたアレウスさんが馬に乗ったまま近づいてきた。

「これは兄上。みすぼらしい女の召し使いしか供がいないとは、同情申し上げる。うちの品揃えはどうだ？　豪勢だろう」

　弟に馬上から感じ悪く見下ろされ、けれどユリウスさんは気を悪くした様子もなく、にっこり笑った。

「本当に、豪勢だねえ。すごいなあ」

その反応に、アレウスさんはムッと眉間を険しくした。喧嘩を売ったのに買ってもらえないというのは、こういうタイプの人にとっては屈辱なのだろう。

アレウスさんは不機嫌な表情で美少年行列を振り返り、さっと片腕を上げた。

その途端、今までしゃなりしゃなりと歩いていた美少年たちが、重そうな衣装もなんのその、キレッキレの動きで踊り始めた。もちろん、六区も。

歌って踊る世界に慣れてきた気がしていた私も、さすがにこれには驚いた。

——ちょっと六区、昨日の今日で、何なのそのダンス力！

現地の人が歌って踊るのは、もうそういう文化だと思って受け入れる気になっていたけれど、身内である弟がそれに染まってしまったのを目の当たりにしたら、たとえこれが夢でも衝撃を受けざるを得ない。

そして気がつけば、歌い踊る通行人ダンサーたちはユリウスさん派とアレウスさん派とに二分され、対決するように激しく踊っている。武器や拳を振り上げるわけではないけれど、ダンスでぶつかり合って怪我人が出そうな勢いだ。

じいやを連れたユリウスさんとアレウスさんは、味方のダンサーたちの背後に守られる大将ポジションにおり、私はといえば、激しいダンサーたちの動きを避けて右往左往するうちに、ユリウスさんからすっかり引き離されてしまった。

どうしよう。このダンス対決、いつ終わるんだろう？　というか、どうやって決着をつけるんだろう？

一応私はユリウスさんの召し使いだし、ご主人様を置いて勝手に宮殿へ帰っちゃまずいよね、やっぱり……。

ダンス対決の真っ只中に飛び込んでユリウスさんのところへ行く勇気も出ず、対処に困っておろおろしていると、不意に後ろから腕を突かれた。

「えっ？」

反射的に振り返れば、そこにいたのは六区だった。アレウスさんの美少年ダンス軍団から、いつの間にやら抜け出してきたらしい。

「六区……！　あんた、いつからあんなに踊れたの!?」

「アレウスさんのところ、いいダンスコーチがいるんだよ。コツさえ覚えれば、それっぽく見せることは簡単だよ」

「……」

そうだった、六区はとにかく要領がいいのだ。きっとこの天使の美貌でダンスコーチにも可愛がられて、初心者向けの見映えがする踊り方を教えてもらったに違いない。そもそもが夢なら、ちょっとくらい無茶な展開もあり得るというものだ。

「それにしたって、すっかりここの人みたいな踊りっぷりで、驚いたわ。私にはとても出来ない芸当よ……」

「だってさ、こないだテレビでやってたお祭りでも言ってたでしょ。『踊る阿呆に見る阿呆、同じ阿呆なら踊らにゃ損々』って。どうせなら、僕も一緒に踊っちゃおうかなって」

いや、でもこれは阿波踊りとは違うと思う……。

「それより、ココちゃんの方は？　ユリウスさんに外へ連れ出してもらったの？」

「うん、気分転換に街を案内してくれるって」

「なんか、ココちゃんにすごく親切だね、ユリウスさん」

六区は少し口を尖らせて言う。

「あの人とは、必要以上に親しくしない方がいいと思うよ。迂闊にお屋敷の若様と仲良くなったりしたら、他の使用人に妬まれて意地悪される、っていうのがお約束だし。失敗を押しつけられたり、食事に虫を入れられたり、服を切り裂かれたりするかもしれないよ」

相変わらず発想が少女漫画的な弟を、私は笑い飛ばした。

「何言ってんの。私に、っていうより、みんなに親切なのよ、あの人。確かに私も大失敗したのを叱られなかったけど、他の人たちもみんなそうだったみたいだし」

「大失敗？」

「うん、さっきね——」

高価そうな彫像の腕を折ってしまったのに咎められなかったことを説明しようとして、私はハッとした。

——そうだ、ここが私の夢の中かもしれないということを、この六区に話したらどうなるだろう？　夢の中の登場人物である弟にそんなことを言っても、相手にされないだろうか？

「ねえ——六区、あんたはこれが異世界トリップだと言ったけど、やっぱりこれ、夢なんじゃないかって思うの」

試しにそう切り出してみる。

「私ね、ここへ来る前のことを思い出したのよ。マダム千本木の別荘で大失敗をして、その現実から逃げるために、こんな夢を見てるんじゃないかと——」

私が真面目に話しているというのに、六区は笑いながら頭を振った。

「夢？　そんなわけないよ。ココちゃんはそんなことで現実逃避するような無責任なタイプじゃないでしょ」

「でも、それ以外にこんなところに迷い込んだ理由が思いつかないもの」

「だから、突然の異世界トリップという可能性だってあるよ」

「そっちの方がよっぽどあり得ないわよ！　大体、じゃああんたの言うとおりにこれが異世界トリップだとして、その場合はどうやって元の世界に戻ればいいの？」

六区は肩を竦めた。

「どうやって来たのかもわからないのに、帰る方法なんてわかるわけないよ」

「それじゃ困るじゃないの！」

「大丈夫。ココちゃんのことは僕が守るから」

「……」

駄目だ。話にならない。

私はため息をついて会話を打ち切った。

もっとも、夢の中の登場人物が、自分を夢の中だけの存在だと認めたがらないのは当然だという気はする。やっぱり、この六区にこんな相談をしても無駄なのか――。

六区から目を逸らして、ダンス対決の方を見遣れば、未だ白熱している。と思いきや、ダンサーたちの群れを割って、アレウスさんが馬でこちらへ駆けてきた。

「ロック、何をしている。俺の傍を離れるな」

アレウスさんは六区の腕を取って馬上へ引き上げ、彼に付いてきたダンサーたちの集団に巻き込まれた私は、転んで尻餅をついてしまった。

「ココちゃん！」

　私を心配して暴れる六区を、アレウスさんは横抱きにして押さえつける。そうしている間にユリウスさんが駆けつけてきて、私を助け起こしてくれた。

「大丈夫かい？　ああ、手を少し擦り剝いたね」

「ふん、兄上は召し使い女ばかり気にしているようだが、それは余裕と見ていいのか？明日の闘技会では、さぞかし上物の美少年を出してくるのだろうな」

　厭味を言うアレウスさんをユリウスさんは相手にせず、私の手を取って「帰ろう」と促（うなが）した。無視された格好のアレウスさんは、眉を吊（つ）り上げる。

　ユリウスさんに手を引かれて歩きながら、背後からアレウスさんの怒りに満ちた波動を感じ、私は震え上がった。

　これは私の逃避から生まれた夢のはずなのに、私の問題とは全然関係ないところで展開が剣呑（けんのん）になってゆくのはどういうことなの——！

それでもフィナーレはやって来る

翌日は、皇帝主催の闘技会だった。

闘技会といっても、古代ローマのように剣闘士が命懸けで戦うのではなく、女装美少年が舞い踊って美を競う大会らしい。

ファレゴラン将軍家の宮殿、青の館の庭で、召し使いダンサーズが今日も歌い踊る。

♪ここはマリゴール（おお、栄えあれ！）
♪今日こそ勝負　今日こそ決着（今日こそ、今日こそ）
♪ファレゴラン将軍家の兄と弟（Ｏｈ～ユリウスとアレウス）
♪どちらの美少年が勝つか
♪今日こそ勝負　今日こそ決着（今日こそ、今日こそ）
♪おお、ファレゴラン将軍家に栄えあれ！

どうやら、今日の闘技会は特別な意味を持つようだった。ユリウスさんとアレウスさん、どちらの出場させた女装美少年が勝つかでファレゴラン将軍家の後継者が決まるのだ（そんなことで跡継ぎが決まるシステムってどうなの？　と思うけど！）。

でも、行列を作れるほど美少年蒐集（しゅうしゅう）に余念のないアレウスさんと違って、ユリウスさんが女装美少年と接しているところを見たことはない。それとも、私が知らないだけで、どこかにちゃんと集めているのだろうか？

私としては、ユリウスさんにはお世話になっているので、やっぱり彼に勝って欲しいと思ってしまう。ただ、アレウスさんが出すのは六区だろうから、あれに勝てる美少年はそういないとも思う。それに、弟と争いたくない、将軍の地位になど興味はないと言って（歌って）いた彼の心を思うと、この勝負は負けた方がいいのかもしれない、とも思う。

複雑な心境に陥っている私をお供に連れて、ユリウスさんは闘技場へ向かった。

今日は馬車での外出で、揺れが腰に来るのを耐えながら私はユリウスさんに訊ねた。

「あの……美少年の用意は出来ているんですか？」

私の問いに、ユリウスさんはにっこり笑うだけで何も答えなかった。

闘技場に着き、豪華な設え（しつらえ）の席に案内されるまでの間も、ユリウスさんが出場させる美少年の姿を私は見ることがなかった。

　ユリウスさんが席に着くと、隣の席にはアレウスさんがおり、彼の傍には私のような女の召し使いではなく、女装美少年が侍っていた。この時点で、ユリウスさん陣営の方が明らかに見劣りしている。

　いつの間にか観客席には人が鈴生りで、闘技会参加美少年の主たちが全員席に着くと、賑やかなファンファーレが鳴り響き、最後に一番高い席に皇帝陛下が座った。皇帝の周りにも、女装美少年が侍っている。

　一体、どういう国なんだろうここ――。改めて呆れている私の前で、前座のダンサーたちが歌い踊る。

♪ここはマリゴール（おお、栄えあれ！）
♪徳高き皇帝陛下の御前で
♪勝利の美酒を味わうのは誰？
♪ここはマリゴール（おお、栄えあれ！）
♪皇帝陛下の御前闘技会、いざ勝負――！

前座ダンサーズが捌けると、いよいよ真打の女装美少年たちが登場した。

司会進行役のヒゲのおじさん（私は知らないけれど、もしかしたら身分の高い人かもしれない）が、豪華な衣装を纏った女装美少年をひとりずつステージ上に誘い、誰の所有する美少年かを紹介する。

ステージにずらりと並ぶ女装美少年たちは実に華やかで、見ていると目がチカチカするくらいだった。そうして何人目かに純白の衣装を纏った六区が紹介されると、観客席から一際大きな拍手と歓声が起きた。私はびっくりして、後ろの客席を振り仰いだ。

ステージ近くの特等席にいる私たちならともかく、すり鉢状の観客席の上の方からなんて、出場者の容貌はろくに見えないんじゃ――と思ったのだけれど、客席の人々は皆、大きな双眼鏡らしきものを手にしている。こういう文化の国だから、そういうアイテムはちゃんと普及してるんだろうか――。

思わず感心していると、ユリウスさんが私にささやいた。

「君の弟は大人気だね。昨日、街でお披露目したのが効いたかな」

昨日のあれは、前評判を煽るためのプロパガンダだったのか。まあ、自分の弟が女装で評価されることに、姉としては複雑な思いしか湧かないけれど。

調子に乗れば乗るほど美貌が輝きを増す六区は、大勢の注目を浴びながら実に嬉しげに、客席に向かって礼を執ってみせた。隣の席を見遣れば、アレウスさんも上機嫌である。

けれど、アレウスさんの機嫌は次の瞬間、どん底に落ちた。司会役が声を張り上げ、こう告げたからだ。

「えー、ファレゴラン将軍家ユリウス様から、棄権の申し出があり、今回の御前闘技会出場者は以上となります！」

観客席がざわめく中、出場者たちは一度退がってゆく。次はひとりずつ、ステージ上で舞を披露するのだという。

再び美少年たちが登場するまでの短い休憩の間、アレウスさんが眉を吊り上げた恐ろしい形相でユリウスさんの前に立った。

「どういうつもりだ、兄上。なぜ俺と勝負しない!?」

ユリウスさんはゆったりと答える。

「私は勝負事が苦手なんだよ。人を道具のように扱うのもね」

「だがそれが、マリゴールのしきたりだ。ファレゴラン将軍家は美少年を指揮する家門だ」

「だから君がそれをしたいなら、君が家を継げばいい。私は辞退するよ」

飽くまで穏やかに言うユリウスさんを、アレウスさんは火を噴きそうなほど激しい眼で睨んだ。それはまるで人を殺してしまえそうなほど恐ろしい眼で、自分がその視線を喰らったわけでもないのに、私は首を竦めて震え上がった。

「どうして兄上はいつもそうなのだ、なぜ俺と正面から戦おうとしない――！」

「やめなさい、召し使いが怖がる」

ユリウスさんが、震えている私を庇うように抱き寄せた。そのことが、さらにアレウスさんの怒りの炎に油を注いだようだった。

「歌も歌えぬ役立たずの召し使いがそれほど大事か――」

アレウスさんの怒りに燃えた眼が、今度はしっかりと私を捉えた。蛇に睨まれた蛙とはこのことだった。私は恐怖で身体が固まって、まったく動けなくなってしまった。

アレウスさんはそんな私をユリウスさんから引き剝がし、喉元に短剣を突きつけた。

「この娘のせいか。この娘がいなくなれば、兄上は俺を見るのか――!?」

――ええっ？

鋭く光る刃が恐ろしく、相変わらず身体が竦んで動かせないまま、私は瞳だけを大きく瞠らせた。

この人、実はお兄ちゃん大好き!?　ユリウスさんに何かと喧嘩を売ってくるのは、歪んだ兄弟愛ゆえのこと――!?

そこで突然、ジャジャーンと楽隊の演奏が始まった。どこからか出てきたモブダンサーが、歌い踊り始める。

♪ここはマリゴール（おお、栄えあれ！）
♪ファレゴラン将軍家の兄と弟
♪優しい兄（青の館のユリウス）
♪激しい弟（赤の館のアレウス）

♪兄の母親は召し使い（十年前に亡くなった）
♪弟の母親は正式な妻（大貴族の娘）
♪弟はいつも母から言い聞かされた
♪兄に負けてはならない　召し使いの息子になど負けるな

♪けれど弟は　優しい兄が大好きだった
♪仲良くしてはいけない兄（おお、哀れなアレウス様）
♪戦うのが宿命の兄（おお、哀れなアレウス様）
♪争いの中ならば　見つめ合っていられるのに――

いや、アレウスさんの切ない事情はわかったけど、今はこっちの事情が切迫してるから！　周りで歌って踊ってる暇があったら、救けてよ――！

完全に常軌を逸した目つきのアレウスさんに短剣を振り翳され、私は死を覚悟して目をつぶった。

「――」

次の瞬間、私は誰かに強く突き飛ばされ、尻餅をついた。

強かお尻を打って涙目になりつつも、慌てて顔を上げると、私を庇うように立っていたのは六区で、その胸には深々と短剣が刺さっていた。

「～～～～！」

私は声にならない悲鳴を上げた。六区の純白の衣装の胸から、赤い血がじわじわと滲んでいる。

――そんな馬鹿な。六区が私の代わりに刺されるなんて。

その場にゆっくりと頽れる六区。六区を刺してしまったアレウスさんの呆然とした顔。

六区に一歩遅れた様子で私を庇おうとしてくれていたらしいユリウスさんの遣る瀬ない顔が、蠟人形のように固まって見える。

これは夢、よね？　私が見ている悪い夢で、目が覚めたら笑い話になることで——。

ぐったりした六区を抱き起こし、逃避してきたはずの夢の中で、さらに逃避したい気持ちになった時。

不意に、空からバラバラと大きな音が聞こえてきた。

「？」

まるでヘリコプターが飛んでいるような音だと空を見上げれば、本当にヘリがいた。

「!?」

あれよあれよという間に、闘技場の真ん中のステージ上に白いヘリが降り立った。そこから出てきたのは、丸い顔に丸い身体、紫色のローブを纏った占い師・マダム千本木と、栗色に染めた髪をゴージャスな縦ロールにした、赤いパンツスーツ姿の若い女性だった。

意味がわからなかった。なぜここに、ヘリが？　なぜマダム千本木が？　もうひとりの女性は誰？

呆然とする私の腕の中で、六区がむくりと身体を起こした。

「!?」

六区はスーツの女性を見て歓声を上げる。

「すごい、北礼院亜里沙先生、本物だ——！」

「え……えぇ……？　北礼院……？　六区、あんた刺されたんじゃ……」

私はまったく状況が呑み込めず、六区と周りの様子とを交互に見比べた。

「あぁ、これは玩具だよ」

六区はそう言って、胸に刺さっていた短剣を引き抜いた。それは、強く押すと刃が引っ込む仕組みになっている玩具の短剣だった。しかも刃が引っ込んだ時、中に仕込まれた血糊が溢れ出るように細工されていたらしい。

「玩具って、血糊って、一体、これはどういうこと――!?」

私が叫んだ時、またどこからか楽隊とダンサーがなだれ込んできて歌い踊り始めた。

♪ここにおわすは天才作家・北礼院亜里沙先生（北礼院財閥令嬢！）

♪才能溢れる亜里沙先生は　初めてコメディ作品を手掛けることになった
♪それは　女装男子がちやほやされる異世界トリップコメディ（おお、面白そう！）

♪けれど亜里沙先生は　ひとつの難題にぶつかった（おお、亜里沙先生！）

北礼院亜里沙って――夏休みに六区とエキストラ参加した映画、『黒薔薇帝国の黄昏』の原作者の？

確か中二でデビューしたのが五年前だから、今は十九歳くらい？　レトロな縦ロールと、今風のかっちりしたラインのパンツスーツがなんともおかしな取り合わせだけれど、これはこれでそういうスタイルなのだと納得させられてしまうような、不思議な説得力を漂わせる美人だった。

その亜里沙先生は、ステージ上で眉間に皺(しわ)を寄せ、こう語った。

「小説で異世界の設定を説明するのって大変なのよね。とりわけ、テンポが命のコメディで、長ったらしい説明を入れるとリズムが悪くなるの。──で、ある日ミュージカルを観(み)に行って、思ったのよ。文章や台詞(せりふ)で長ったらしく語るのが駄目なら、歌えばいいいじゃない！　って踊ればいいいじゃない！　歌って踊りながら説明すればいいいじゃない！」

……この人、「パンがなければお菓子を食べればいいいじゃない！」も言いそうだ。

反応に困っている私に、亜里沙先生が訊ねてくる。

「で、どうだった？　歌での説明は」

「……まあ、説明としては大変わかりやすかったです……。コーラスにはちょっとイラッとしましたけど」

ええ、もう二度と「おお、栄えあれ！」というコーラスは聴きたくない（もちろん歌いたくもない！）──と思っている私とは対照的に、亜里沙先生はご機嫌だった。

「そう！　じゃあやっぱりこの手で行きましょう。コーラスは、イラッとするくらい耳に残るのがちょうどいいのよ」

「あの……まさか、歌での異世界設定説明が実際に理解しやすいかどうかを確かめるために、こんな大掛かりなことを……？」

ここがどこだかわからないけれど、異世界風のひとつの街を造り上げ、四桁人数を下らないエキストラ（しかも、日本語を喋れる外国人ばかり！）を動員した目的が、そんな理由……!?

恐る恐る訊き返す私に、亜里沙先生は「そうよ」とあっさり頷いた。

「実験台の人選について、デビュー以来お世話になってるマダムに相談したら、映画のエキストラで出会ったあなたたちのことを教えてくれたのよ。ちょうどいいキャラクターの姉弟(きょうだい)だったから、協力してもらおうと思って」

亜里沙先生に続いて、マダムも口を開く。

「亜里沙が面白い実験をするというから、手伝ってあげたんだよ。何日かは身柄を預かることになるし、別荘へ誘うという名目で呼んで、お茶に一服盛ってね。ぐっすり眠り込んだところを、ここへ運び込んでねえ」

「勝手に人に一服盛って実験台にしないでください……！　六区は？　あんたは知ってた

の？」

六区は隣で頭を振った。

「僕も何も知らなかったけど、でも途中から、亜里沙先生の仕業かなって気はしてたよ。設定や展開が亜里沙先生の作風っぽかったから」

「どうしてそれを私に言わなかったの!?」

「んー、だって確証はなかったし。本当に異世界トリップだったらそれはそれで面白いし、そうじゃないなら、それはそれで面白いことに巻き込まれたなーと思ったし」

「そんな確証もない状況で刃物の前に飛び出すなんて、これが芝居じゃなかったらどうするつもりだったの！」

「芝居だろうと芝居じゃなかろうと、僕がココちゃんを守るのは当然だろ」

「——」

本当に当たり前という顔で言った六区に、私は不覚にも絶句させられてしまった。

「僕は女の子の恰好をするのが好きだけど、女の子に生まれたかったなんて思ったことは一度もないよ。だって僕は、ココちゃんを守るために、男の子に生まれたんだからね」

「あはは、ろっくんは男前だねえ！」

マダムが笑いながら拍手をした。

「笑い事じゃないです……」

私はどっと疲れが出た気分でため息をついた。

とっても疲れていたけれど、何がどういうことになっていたのか、もっと詳しいことを教えてもらわないではいられない気持ちでもあった。

私が詳細説明を求めると、またダンサーたちが歌い踊り始めた。

♪眠り込んだふたりを（ふたりを〜）
♪異世界実験村へ運んだの（そうよ、運んだの）
♪あとはモニターで見物よ（ばっちり見物よ〜）
♪各配置場所のリーダーに（リーダーに）
♪インカムで指示するの（ばっちり、ばっちり〜）

モニター、ということはあちこちにカメラが仕込まれていたということ？

そう言われてみれば、度々ダンサーたちの集団に押されて立ち位置を変えさせられたりしたけれど、あれってまさか、カメラに映りやすい場所へ誘導されていた？

ふと横を見れば、ユリウスさんとアレウスさんに付いていたじいやたちがフードを取り、通信用のヘッドセットが露になっていた。こんなところにも文明の利器が！

彼らが時々もごもご言っていたのは、亜里沙先生と通信していたのか。そして受けた指示をご主人様に伝えて、話を展開させていったということ？

「……」

こうして種明かしをされてみると、もう少し疑り深くいろいろな場所を探っていれば、仕掛けを暴くことも出来ただろうに——と悔しさが込み上げる。

「——随分凝ったことをしたみたいですけど、言葉の問題だけは手付かずだったんですね。異世界だという割に、みんな都合良く日本語を喋っていたし」

すっかり騙された私がせめてもの反撃を試みると、亜里沙先生はきっぱりと言った。

「それはページの都合よ！」

「ページって、そんなメタな」

「主人公が異世界の言葉を一から覚えるところからやっていたら、何年もかかるじゃないの。コメディで序盤にそんな長い尺は取れないわ」

「……」

じゃあ、シリアス作品だったら、異世界の言語を創り出すところから実験したんだろうか、この人。なんだかやりそうで怖い（そっちに付き合わされなくてよかった！）。

「それに、私、明日から旅行の予定が入ってるの。だから元々、今日中には終わらせる内容のシナリオを書いたのよ」

「道理で、展開が早いと思った」

六区がしたり顔で頷く。

「本当は、ユリウスが召し使いを庇ってカッコイイところを見せる予定だったんだけどね」

亜里沙先生から話を振られたユリウスさんが苦笑する。

「男前の弟くんに先を越されてしまいましたよ。刺されれば、短剣が玩具だということはわかるし、ここで芝居がバレておしまいだ、減給だ——と覚悟をしたら、ちゃんと芝居に乗っかって、短剣を胸で押さえたまま倒れてくれて」

ユリウスさんに感謝された六区は、あっけらかんと笑った。

「だって、先の展開が気になったから、出来るだけ芝居を引っ張りたくて」

続けて、六区は名残(なごり)惜しげな表情になる。

「どうせなら、もうちょっと先の展開も見たかったな。ユリウスさんは、水面下で女性の地位向上に関わる活動の協力をしてたりしますよね？」

「よくわかったね。一応そういう設定をもらっていたから、そのつもりで役作りはしていたけど」

役作りって……！　私としては、すごくふざけた実験に付き合わされた気持ちで一杯なのに、そこまでみんな真剣にやっていたのか。

まあアレウスさんの鬼気迫る表情もすごかったし（本当に殺されるかと思ったし！　でも今は、一仕事終えたあとのさっぱりした顔をしている）、モブの皆さんの歌もダンスも綺麗に揃ってたけど。相当練習したよね、あれ。

キャストの皆さんの努力と力演に思いを致すと、少し怒りが収まった。彼らは、亜里沙先生に雇われていただけで、職務を全うしただけなのだ。

「それにしても――この街は一体何なんですか？　まさか、今回の実験のためだけに造ったんですか？」

私の問いに、またダンサーたちが歌い踊りながら答える。

♪ここは亜里沙先生が子供の頃にもらった土地（誕生日プレゼントよ）
♪趣味で　コツコツ異世界実験村を創り上げたの（コツコツOh！　コツコツYeah！）
♪住んでいるのは村のスタッフ！（FU！）　スタッフ！（FU！）
♪みんな　歌って踊れる優秀な人材よ（YO！　YO！　YO！）

「ここのスタッフには、いろんな設定で歌って踊る経験を積ませてるから。今回も、話の筋に応じた曲を渡して練習させておいて、あとはうまくあなたたちを誘導して、予定の展開に持ってゆくだけ。まあ予定外のことが起きても、各配置場所のリーダーの指示で即時アドリブ対応可能だしね」

何そのクオリティの高い異世界村スタッフ！

「小道具や大道具、衣装とか、ファンタジーなアイテムを作るのが趣味という友達もいるしね。頼んだら張り切っていろいろ作ってくれるし」

そりゃあ、お金を出してくれて趣味の工作をさせてもらえるなら、嬉しいことだろう。

「……あの……つかぬことを訊きますが、こんなに人件費その他を贅沢に使って、これを本にしたらちゃんと元が取れるんですか？」

私の素朴な疑問に、亜里沙先生は「さあ？」と首を傾げた。

「取れないんじゃないかしら？　でもいいのよ。私は別に、お金のために小説を書いてるわけじゃないしね」

「じゃあ、何のために？」

「決まってるじゃない。私が書きたいから書いてるだけよ！　それが本になろうとなるまいと、売れようが売れまいが知ったこっちゃないわ。私はこの情熱の迸りをアウトプットしたいだけなの！」

　バーンと胸を張る亜里沙先生に、六区が興奮したように激しく拍手する。ついでに周りのスタッフたちも亜里沙先生を讃えて歌い踊る。

♪亜里沙先生は天才！（おお、亜里沙先生）
♪亜里沙先生は最高！（おお、亜里沙先生）

　なんかもう、やりたい放題の大金持ちの中二がいっそ清々しい……！

　スタッフ総出でグランドフィナーレの賑やかなダンスが繰り広げられる中、力技の大団円に、私はどっと力が抜けてその場に座り込んだ。そこに、マダムが言った。

「そうそう、あんたがうちの彫像の腕を折ったのは夢でもなんでもないからね」

　それを聞いて、一気に血の気が引いた。

「あ、あの、五千万……!?」

　そうだった、その問題がまだ残っていた。

　蒼ざめる私に、亜里沙先生も「そうそう」と声をかけてきた。

「弟くんのノリの良さも楽しかったけど、あなたの反応、すごく面白かったわ。そりゃそうよね――本気で異世界だかなんだか訳のわからない場所に来てしまったら、どれだけイケメンに優しくされようと、ほいほいラブ展開には行かないわよね。それどころじゃないい感がリアルだったわ～、うん、実に面白かった」

「は、あ……？」

　きょとんとする私の隣で、六区はにこにこ笑っている。

「ラブフラグをスルーしまくるのがココちゃんの特技だから。初めはちょっと心配したけど、全然心配いらなかったね」

「へ？　私が何をスルー？」

「ココちゃんはそれでいいんだよ」

　訳がわからないでいる私に、亜里沙先生が言った。

「私を楽しませてくれたお礼に、バイト代として五千万ほど払うわ」

「えっ!?」

　足かけ三日の異世界村体験のバイト代が、五千万!?　どういう金銭感覚!?

「じゃあ、それを彫像の弁償に充てればいいよ」

　と、すかさずマダムが口を挟んでくる。

「あれは有名芸術家の一点物でファンの多い彫像だったけど、今回は亜里沙の実験にも付き合ってもらったし、それでチャラにしてあげよう。その代わり、今回体験したことは人に言いふらさないようにね。この作品は、世に出ればヒット間違いなしとあたしの水晶玉にも出ているしねえ。事前の情報漏れはNGだよ」

「……」

ここまで来ると、さすがに私にも計画のすべてが見えてきた。

私がマダムの別荘で彫像を壊したのも、亜里沙先生とマダムの計算の内だったのだ。お茶に一服盛って、足元の覚束なくなった私が別荘内で何か粗相をするのを待ち、それを弱みとして握って、実験の口止めをするつもりだったのだろう。

六区は元々亜里沙先生のファンで、なんでも面白がる性格だから、簡単に言い包めて口止め出来る。けれど亜里沙先生に何の義理もない私を黙らせるために、こんな作戦を考えたのだ。

――でも、計画どおり、まんまと私が彫像を壊したのは事実。

それに、壮大な費用のかかった歌って踊るミュージカル異世界トリップ実験に巻き込まれたなんて、こんなアホな体験、人に話したところで笑われるだけで、信じてもらえる気がしない。夢だったというオチよりもよっぽど非現実的だもの。

私はため息をついて、頷いた。

「わかりました。今回のことは誰にも言いません」


その後、私と六区はマダムの別荘まで送ってもらえたけれど、移動の間はアイマスク着用を求められ、結局あの異世界実験村がどこにあったのかはわからないままだった。

「ここは私の秘密の遊園地なの。だから場所も秘密なのよ」

というのが亜里沙先生の弁。

今回の件でわかったのは、お金持ちの中二は始末に負えない、ということと、六区と一緒にいるとやっぱりろくな目に遭わない、ということだ。

——何が「ココちゃんのことは僕が守るから」よ。ヒーローぶる前に、あんたが変な騒動を引き寄せなければ、私が危険な目に遭うこともないんだからね。そこのところ、わかってる？

帰京する新幹線の中、隣席に弟の罪のない寝顔を見ながら、私は心の内でそうつぶやいたのだった。

特別編・じゃぱねすく六区

〜うちのコバルト男子の弟が〜

憧れのコバルト編集部へ

都下某所に広大な敷地を有する私立鷺ノ院学園。私こと鷺沼湖子は、高等科一年に籍を置く、ごく普通の女子高生である。

四月も下旬に差し掛かったある金曜の放課後、下校しようとした私は校門を出る手前で先輩に声をかけられた。

「ココちゃん」

後ろに立っていたのは、三年生の藤堂清良さんだった。真っすぐの長い髪にぱっちりした目の美人さんである。

清良さんはなぜか辺りを窺うようにしながら小声で私にささやいた。

「今日、一緒に帰っていい？　折り入って相談したいことがあるんだけど」

「え、私に相談、ですか？」

清良さんは頼りになるお姉様タイプの人で、人から相談を持ち掛けられることはあっても、その逆はあまり聞いたことがない。なので面喰らっているところ、私の目は視界の端に見過ごせないものを見つけてしまい、反射的に顔をそちらへ向けた。

隣にある中等科の方から来て、高等科の校門の前を通り過ぎようとするひとりの少女。ちょっとレトロなフリルだらけの白いワンピースを着た美少女である。私は慌ててその美少女に駆け寄り、腕を摑んだ。

「――ちょっと、六区！　なんでそんな恰好で学校から出てくるの!?」

この美少女は、私の弟の鷺沼六区。中等科二年生。白い肌にピンク色の頰、大きな瞳にバサバサ睫毛、ぷるんぷるんのくちびる。天使のような美貌を持つ――れっきとした男子中学生である。

「学校から堂々と女装して、どこへ行くつもり!?」

「うん、あのね。これからコバルト編集部へ行くんだ」

悪怯れない顔で答えた六区に、私は訳がわからずぽかんとした。

「は……？」

六区が説明するには、六月の頭にある中等科の学園祭で、クラスの演し物として小説を原作にした劇をやることになったのだという。その原作というのが、平安時代を舞台とした少女小説の名作『なんて素敵にジャパネスク』（氷室冴子著・コバルト文庫刊）。貴族の娘にして独身主義を標榜する瑠璃姫が大活躍するお話である。

　ざっと三十年くらい前の作品ではあるけれど、母親所蔵のコバルト文庫を読んで育った六区は、好きな作家を訊かれれば「氷室冴子先生です！」と即答するコバルト男子。とりわけこの『なんて素敵にジャパネスク』は、前々からクラスメイトに薦めて流行らせていたらしい。鷺ノ院は学年が上がってもクラス持ち上がり制なので、去年から地道に張った伏線が見事実り、この度の学級会でめでたく舞台化が決まったという。

「僕は脚本・演出担当なんだけどね。でもこういう場合、出版社に許可を取る必要があるのかどうかよくわからなくて、念のためにコバルト編集部に電話してみたんだ」

「えっ、編集部に直接電話したの？　もしかして、あんたが？」

「うん、初めは担任の森下先生が電話してみるって言ったんだけど、ここは企画を提案した僕が責任を持って交渉するべきだと思って」

「……責任も何も、あんたがただの好奇心で、編集部に電話してみたかっただけでしょう……」

　前々から六区は、文庫の奥付を見ながら「ここの番号にかけたら、本当に編集部に繋がるのかなあ、でもただ読者だというだけで特に用もないのに電話しちゃいけないよね……」などとつぶやいていたのだ。それが今回、絶好の機会を得て、担任を押し退け嬉々として電話したといったところだろう。

「すごいね、あの番号でやっぱり編集部に直通なんだよ。ちゃんと編集者が出て、話を聞いてくれた。料金を取って上演するわけじゃない中学や高校の学園祭なら、特に問題はないって。でも、もう少し詳しい話を聞きたいっていうから、じゃあこれから編集部へ行きますってことになって」

「それも、単にあんたが編集部へ行ってみたかったから、そういう風に話を持ってったんじゃないの……!?」

「そんなことないよ、都合が付くようなら会って話が出来ないかって言ってきたのは向こうだもん。本当は森下先生も一緒に行く予定だったんだけど、先生さっき急に具合が悪くなっちゃってさ。ほら、先生は今お腹(なか)に赤ちゃんいるでしょ、無理させられないから、僕ひとりで行くことにしたんだ」

「それで、なんで女装(ワンピース)なのよ」

「相手の編集者に、なんだか女の子だと思われちゃったみたいだからさ。それならそれで、女子で通した方がいいかなと思って」

　六区はまだ声変わりしていないので、電話の声だけなら女の子と間違えられても不思議はない。問題は、こんな恰好をしていると外見も女の子にしか見えないことだ。

「演劇部で服を借りてきたんだ。憧れのコバルト編集部を訪ねるんだから、お洒落しなきゃと思って、一番可愛いワンピースだよ」

六区はスカートの裾をつまんで、くるっと回ってみせる。——こんなの、こんなの、シヨートヘアでスレンダーな、ただの可愛い女の子じゃないかー！

「え、えっと、コバルト編集部ってどこにあるの……？」

「東京都千代田区の集英社だよ」

——都内！

まずい。こんな美少女がこのまま都内を歩いたら、変なスカウトに引っかかって面倒なことになったりしないだろうか。六区は我が家のトラブルメーカーなのだ。話せば長くなるのでいちいち回想はしないけれど、今までこの天使のような美貌と無駄な好奇心とおかしな少女趣味とで、数知れない騒動を引き起こしてきた弟なのである。

これから都会へ出かけると言う絶世の美少女な弟を前に、頭の中を芸能界とか反社会勢力とか怖い想像が駆け巡る。

頭を抱えて唸った私は、放っぽったままになっている清良さんを振り返り、

「すみません、ちょっと急用が出来まして！」

と謝りを入れ、六区のコバルト編集部訪問にくっついて行くことにしたのだった。

そんなわけで制服のままの私と白いワンピース姿の六区は、電車を乗り換え乗り換え、東京都千代田区一ツ橋二－五－一〇にある集英社 神保町ビルに辿り着いた。

途中で六区が寄り道しないように、変な人に声をかけないように、またかけられないように、ひたすら気を張っていたので、すでに私は結構な疲労感に襲われていた。けれど、本番はこれからである。六区が出版社の中で妙なことをしないように監視しなければ――。

私はビルを見上げて気合を入れ直し、こちらの気も知らずにさっさと中へ入ってゆく六区を慌てて追いかけた。

正面玄関の自動ドアを抜けると、六区は受付のお姉さんに天使の微笑みを向け、コバルト編集部へ行きたい旨を告げた。するとお姉さんも六区に負けないにこやかさで応対してくれて、内線電話で編集部に確認を取った。

六区がコバルト編集者と話したというのは妄想ではなく現実だったようで（実はちょっとそこを心配していた）、編集部側から通してOKの返事が出ると、ゲスト証を受け取った私たちは受付の向こうのエレベータに乗り込んだ。

途中で止まった階にどんな雑誌の編集部があるのかと興味を惹かれつつも上階へ進み、目的の階でエレベータの扉が左右に開くなり、金髪ナイスバディの美人が笑顔で私たちを出迎えてくれた。

「コバルト編集部へようこそ！」

「――」

思わず絶句する私たちに、女性は名刺を差し出して自己紹介した。

「コバルト編集部の宇里原ジャスミンといいます。よろしくね」

ジャ、ジャスミン？

よく見ると瞳は緑色で、顔立ちも外国人っぽい。ハーフか何かだろうか。それにしても真っ赤なスーツに真っ赤な口紅で、えらく派手な人である（そして年齢が読めない）。

「それで――どっちが電話をくれた鷺沼六区ちゃん？」

ジャスミンさんの問いに、六区が無言で手を挙げる。派手な金髪美人の出迎えに驚いているというより、憧れのコバルト編集者と会えて、感動で胸が詰まって声が出ない様子だった。

「あ、私は姉の鷺沼湖子です。おと――妹が心配で、くっついて来ちゃってすみません」

私が頭を下げると、ジャスミンさんは「そうなんだ、お姉ちゃんね。いいわねえ、セーラー服」と言ってにこにこしながら、編集部の奥へ私たちを案内してくれた。

「そこの白いテーブルの方に座ってくれる？　飲み物はお茶でいい？」

「あ、いえ、おかまいなく」

　私がそう答える傍らで、六区は座るように言われた応接スペースを通り過ぎ、その奥にある大きな書棚に駆け寄った。そこにはたくさんのコバルト文庫と雑誌コバルトが並んでいた。

「こ、これは……！　どれくらい昔のものから揃ってるんですか……!?」

　六区は書棚に頰ずりせんばかりで、上ずった声を出す。

「ああ、雑誌も文庫も創刊時のものから全部揃ってるわよ」

　ジャスミンさんが紙コップのお茶をテーブルに置きながら答える。

「創刊から全部……！　泊まり込んで全部読みたい、読み尽くしたい、ここん家の子になりたい……！」

　興奮のあまり、六区の大きな瞳はうるうるに潤み、頰は薔薇色に紅潮している。中学生男子として興奮するところが間違っているとは思うけど、外見的にはとにかく可愛い。

「あらあら、そんなにコバルトが好きなの？　嬉しいわねえ」

　ジャスミンさんもすっかり六区の美少女ぶりにメロメロの様子で、書棚を前にコバルト談義を始めてしまった。

「そう……。六区ちゃんはお母さんの影響でコバルトを読み始めたのね。私はね、父親がアメリカ人で帰国子女なんだけど、小学生の時、日本に来て住んでたところが田舎でね。名前も顔もバタ臭いものだから悪目立ちしちゃって学校で苛められて、人生に絶望しそうになってた時、逃げ込んだ図書室でコバルト文庫に出合ったの。……楽しかったわ。時間を忘れて読み耽った。人生で初めて、ときめきを知ったわ。自分が生きてる世界にはこんな素晴らしいものがあるんだって思ったら、もう他の細かいことなんかどうでもよくなって、前向きに勉強して東京へ出て、夢を叶えてコバルト編集者になったの」

「そうなんですか……。でもきっとみんな、ジャスミンさんの綺麗な金髪が羨ましかったんじゃないですか？　自分と違うものをからかったりするのって、憧れの裏返しってこともあるじゃないですか」

「優しい考え方するのね、六区ちゃん。でもね、本当は栗色程度の髪色なの、私。これは染めてるだけ。目もカラコンよ」

すごい、金髪染めＯＫの会社なんだ――。

ジャスミンさんの半生は興味深かったけれど、残念ながら私は母親っ子の六区と違って父親所蔵のスポ根漫画を読んで育った口で、少女小説には暗い。続けて往年の名作について語り合い始めたふたりに付いていけず、置いてけぼりな気分でフロアを見渡した。

机はたくさんあるけど、全員がそこに座って仕事をしているわけではなく、外へ出ている人も多いようだった（打ち合わせとか原稿取り!?）。残っている数人の編集者も静かに机に向かっていて、私が想像していた編集部の姿とはちょっと違う。本の編集部というのはもっとこう、「何々先生の原稿が落ちそうです！」とか切羽詰まった雰囲気で殺気立っているものと思っていたのだ。

案外まったりしてるんだな……と少しがっかりした時、近くの席で電話をかけ始めた編集者が、穏やかな声で相手に語りかけた。

「今日、原稿をいただけるというお約束でしたが――」

あれが噂(うわさ)の、原稿の催促……!?　思ったより殺気立ってないけど、口調が穏やかなだけに、どこか空恐ろしい気も……！

動物園にパンダを見に行って、予定どおりちゃんとパンダを見られたような――見るべきものを見るべき場所でちゃんと見た、という不思議な満足感に私はしばしたゆたっていた。そしてふと我に返ると、書棚の前のコバルト談義は参加人数が増えていた。いつの間にか、他の編集者たちも交ざっている。

「え、君、脚本担当なの？　文章書くのが好きなら、うちに投稿してみなよ」

「そうよそうよ、あなた面白いもの書きそうだわ」

「美少女中学生作家！　イイわ～！　若い力がこれからの少女小説を引っ張ってくのよ！」

何がどうなったのか、編集者たちは寄ってたかって六区を胴上げせんばかりに盛り上がっている。さっきまでは静かな雰囲気のフロアだったのに、語り始めれば熱い人たちだったらしい。そうでなくても六区は、外見が可愛いだけでなく無邪気な人懐こさを持っており、簡単に人の懐(ふところ)に入り込んで気に入られてしまう。ただその特技が時としてトラブルに繋がることもあるので、姉としては心配なのである。

「こら六区！　少女小説を引っ張るも何も、あんた少女じゃなくて少年でしょうに！」

私は思わずいつもの調子で六区を叱(しか)りつけてしまい、怒鳴ってからはっと口を押さえた。

「少年？」

編集者たちがきょとんとして、私と六区とを交互に見比べる。六区は小さく肩を竦(すく)め、

「すみません、僕、男なんです」と白状した。そして、

「えええ〜〜!?」

という編集者たちの叫びがフロアに響き渡ったのだった。

「いやはや、最近の子は名前だけじゃ性別がわからないことも多いから、ちょっと変わった名前の女の子なんだとばっかり思ってたわ。初めの電話の時、勝手に女の子だと決めつけて話を進めちゃったこっちが悪かったのよね。気を遣わせちゃって、ごめんね」

　改めて応接スペースに腰を下ろした私たちに対し、ジャスミンさんはそう言って頭を下げた。

「いえ、あの、女装は元々弟の趣味で——勘違いされたから無理にワンピースを着てきたわけでもないので……！」

　私は慌ててそう説明しながら、自分で言っていて、どういう趣味の弟だ、と思った。六区は確かに少女趣味だけど、男の子に生まれたけど心は女の子だから——といった真面目(まじめ)な理由で女装するわけではない。単に、女の子の服を着た自分が可愛いことを知っているからなのだ。本当に、ただの趣味なのだ。

　憮然(ぶぜん)とする私の隣で、六区は一息ついてお茶をすすっている。そしてジャスミンさんはといえば、目の前にいる女装中学生男子に興味津々(しんしん)の様子だった。たぶんこの人、劇について詳しい話を聞きたいとか言って、ただリアル中学生読者と会ってみたかっただけなのだ。ただ編集部に行ってみたかっただけの六区と、おあいこである。

　ともあれ、改めて（やっと！）本題である劇の話になった。

　中等科の学園祭は六月頭で（ちなみに高等科は秋）、ゴールデンウィークが明けたら準備が始まるのだと六区は説明した。

「舞台衣装とかも手掛けてる貸衣装屋に伝手(つて)があるので、衣装は結構ちゃんとしたものが揃えられると思います。その関係で、舞台セットも融通してもらえないかと交渉する予定です。それと僕のクラス、女顔の男子と凜々しい顔立ちの女子が多いので、逆転ジャパネスクで行ってみようということになって。男子が女役、女子が男役をします」

「あら。男の子が瑠璃姫を演るの？」

「ぴったりのお転婆姫キャラがいるので」

男子でお転婆姫キャラってどういうことよ。私は心の中でツッコミを入れた。

「君は出ないの？」

「自分が出演したら、劇を観られませんから。演出家は、本番は一観客ですよ」

「へえ、残念。瑠璃姫って感じじゃないけど、二の姫とか演ったら似合いそうなのに……。でも私も、ぜひ観客として観てみたいわ。当日は取材に行くわね。写真撮影とか、Ｗｅｂでの紹介とかしてもいいかしら」

「たぶん大丈夫だと思います。うちの学校、かなり自由なので」

「学校といえば、君たち鷺ノ院なのよね？　実は妹が今度、産休の代理教師として臨時で採用されたのよ」

「ああ、そうなんですか。じゃあ僕のクラスかな。来学期から担任が産休に入ることになってるので」

「あらあら！　世間は狭いわね！」

六区とジャスミンさんは笑顔で頷き合っているけれど、この派手な人の妹が六区のクラスの新しい担任って、なんだかちょっと心配なんですけど……。

「でも鷺ノ院って、漫画に出てくるような郊外のお金持ち学校なんでしょ？　校舎や寮の建物が立派で、映画とかドラマの撮影に使われたりもするって聞いたけど。うちの妹、根っからの庶民だから、うまくやれるか心配だわ」

「大丈夫ですよ、僕たちも全然庶民ですから。みんながみんな、お金持ちってわけでもないですよ、あそこ」

「あ、そうなんだ？　よかった」

「ちょっと変わったルールもあったりしますけど、自由で楽しい学校ですよ」

「あ～。私立の学校って時々変わったルールあったりするわよね～。なんかもう自分の学園生活が遠くなり過ぎて、いろいろ教えて欲しいわ～。制服とか懐かしいわよね～」

年齢不詳の美人編集者ジャスミンさんはそう言って、私の制服を眺めてから遠い目で窓の向こうを見た。私もそれに釣られて夕暮れの朱い空を見て、ふと学校を出る時に声をかけてきた清良さんの顔を思い出した。

そう、庶民もそれなりに紛れ込んでいる鷺ノ院学園だけれど、割合で言えばやっぱり財産家の子女が多い。清良さんも古くから続く家柄の令嬢で、毎朝立派なお車で登校してくる。ただし下校時は友達と一緒に帰りたいからと車を断っているようで、だからさっきもああやって私を待っていたんだろうけど……。

六区が心配で反射的にこっちへ付いてきてしまったものの、なんだかどんどん清良さんの相談事というのが気になってきた。

二学年上の清良さんとは、中等科の時に音楽祭の合唱グループで一緒になって以来、仲良くしてもらっている。その時、グループ内で私と清良さんが音痴のツートップだった。でも、先生から「そこ、音程おかしい！」と注意される度、清良さんは私を背中に隠し、自分が手を挙げて「すみませんでした！」と謝ってくれた。私は男前な清良さんに恩があるのだ。だから私が何か役に立てることがあるなら、協力したい。さっさと帰って連絡を入れたい。

俄に気が焦って貧乏揺すりを始めた私に、六区が小声で訊ねてきた。

（ココちゃん、なに、落ち着かないね。トイレ？）

（そうじゃなくて、清良さんのことが気になるの。何か私に相談があるって言ってたから）

私がささやき返すと、六区は事も無げに頷いた。

（ああ、藤堂清良先輩の相談事？　それだったら大体見当は付くけど）

（え？　あんた何か知ってるの）

　私たちがこそこそ話しているところへ、

「なになに、何の話？　私も入れて」

　ジャスミンさんがずいっと身を乗り出してきた。なんでもないんです、と私が答える前に、六区が「これはもうひとつのジャパネスクですよ」と答えてにっこり笑った。

「へ？」

　私とジャスミンさんは揃って首を傾げる。そんな私たちに向かって、六区は得々と語り始めた。

「鷺ノ院学園高等科三年の藤堂清良嬢といえば、由緒正しい家柄のご令嬢ですが、正義感の強いトラブルメーカーとしても有名で、学園内で何か問題が起きると首を突っ込んでは力技で解決してくれます。つい先日も、高等科の女子更衣室に忍び込んだ痴漢を捕まえようとして乱闘になり、足に名誉の負傷を受けました。その前には、誘拐されそうになったクラスメイトの身代わりで自分が誘拐され、監禁先で爆発騒ぎを起こして機動隊まで出動させたことも——」

　ああ、あったあった、そういうこと……。

　頼りになるお姉様なので下級生からの支持は絶大で、いろいろ相談事を持ち掛ける生徒は後を絶たないんだけど、何しろ協力の仕方が行き当たりばったりな上に力任せなので、結果的に大変な騒動になることも多いのだった。

「何かというと警察沙汰を引き起こすハチャメチャ娘を見かねたご両親は、こうなったらもう、大学に進学させるより結婚させて落ち着かせようと考え、見合い話のひとつも進め始めたのではないでしょうか。けれどそんなお転婆娘の清良嬢も、子供の頃は病弱で、お祖母さんの田舎で静養生活をしていたといいます。実はその頃、一緒に遊んだ少年のひとりやふたり、いてもおかしくありません。そう、初恋の君です」

さあ、雲行きがおかしくなってきた。六区の少女趣味な妄想が混ざってきましたよ。

清良さんが子供の頃は病弱だったというのは事実らしいけど、初恋の人の話なんて聞いたことはない。もちろん、お見合いの話が出てるなんてことも。

話の展開を警戒し始めた私をよそに、六区は喋り続ける。

「やがて身体が強くなって東京の本邸に戻った清良嬢は、弟やその友人にして家同士の付き合いがある高屋敷千理と仲良く遊ぶようになりました。そうして年下の少年たちを家来にして過ごすうち、すっかり乱暴者のお嬢様に成長してしまったのでした」

うん、清良さんの弟は藤堂雄姿さんといって高等科の二年生だけど、雄々しい名前とは正反対に柔和なお坊ちゃまである。そしてその友人であり清良さんにとっても幼なじみの高屋敷千理さんは、都内の進学校に通っている超優等生らしい。この辺のことは、鷺ノ院に通っていれば誰でも何となく耳に入ってくる情報だ。

「ハチャメチャお転婆娘にも、大切な初恋の思い出はあります。その人のことが忘れられなくて、お見合いなど真っ平御免。でもある日忽然と消えてしまった彼がどこの誰だったのか、今となってはわからない。一方で、年下の幼なじみ千理は密かに清良嬢のことを想っているのです。――さあ、このお見合い騒動はどうなるでしょうか!?」

六区は興奮した表情でテーブルをドンと叩く。

実際の情報と勝手な妄想を織り交ぜた、六区お得意の『もしも話』に、私は白けた表情だったけれど、

「まるで瑠璃姫と高彬と吉野君ねっ」

ジャスミンさんは全力で乗っかってきた。

それだけではない、いつから話を聞いていたのか、他の編集者たちもジャスミンさんの後ろで激しく頷いている。

「私はやっぱり大本命は高彬だと思うわ」

「と見せかけて、まさかの吉野君エンドもあったりして！」

「鷹男の帝を忘れてもらっちゃ困るなあ」

私は呆(あき)れて編集部の面々を見渡した。

少女小説に疎(うと)い私も、『なんて素敵にジャパネスク』に関しては六区と母からストーリーをしつこく聞かされているので、今六区が語った清良さんと千理さんの関係が小説の内容と重なっているのはわかる。清良さんがヒロインの瑠璃姫で、千理さんが年下幼なじみの高彬、そして正体不明の初恋の人が吉野君だ。

でもお見合いや初恋の人の話なんて所詮(しょせん)、六区の勝手な妄想なわけで。ここは常識ある大人として、誰か六区の妄想を窘(たしな)めて欲しかったんですけど……！　なんで乗っかってくるの!?　少女小説の編集者ってみんなこんなに夢見がち(ドリーマー)なの!?

結局、学園祭の話もそこそこに、リアル瑠璃姫の恋の顛末(てんまつ)を今後ぜひ報告して欲しいと編集者たちから頼み込まれ、携帯電話を持っていない六区の代わりに私の連絡先を教えてから、コバルト編集部を後にした。

少女小説の編集部――ときめき展開を求めてピラニアが蠢(うごめ)く恐ろしいところだった……。

事実と小説と妄想の関係

気がつけば外はすっかり暗くなり、表玄関は閉められてしまったので出入り出来ないと教えられ、私たちは裏口から集英社ビルを出た。

帰り道で私は清良さんにメールをしてみた。しばらく待っても返信がないので、今度は電話をかけてみると、携帯電話（スマホ）の電源が入っていないというアナウンスが流れた。時間を置きつつ何度かけても同じだった。

「どうしちゃったんだろう、清良さん……」

私のつぶやきに、六区が答える。

「きっと家出中だから、位置情報を割り出されたら困るしってスマホの電源切ってるんだよ」

「だから、勝手に清良さんを家出娘にしないで！」

六区の妄想では、清良さんはお見合いに反発して家出を計画、その協力を頼むために私に声をかけてきた——というのだ。

そんなわけないでしょ、と六区を叱りながらも不安な気持ちで電車を乗り換え乗り換え、自宅最寄り駅に着いてしばらく歩いたところ。小さな児童公園の心細い街灯の下、ベンチに座っている清良さんの姿を見つけた。

「清良さん!?」

私が慌てて駆け寄ると、清良さんがほっとしたような表情で顔を上げた。

「ああ、ココちゃん。やっと帰ってきた。待ってたのよ」

「待ってた？　私をですか？　だったらどうしてメールも電話も出てくれないんですか、連絡が付かなくて心配してたんですよ」

「あ、ごめん。スマホは電源切って学校のロッカーに放り込んだままなの」

「えっ、置き忘れですか」

「ううん、わざと置いてきた」

「わざと？　どうしてそんなこと——」

見れば清良さんは制服姿のままだった。もしかして、家に帰らないでずっと私の帰宅を待ってこの辺をうろついていたのだろうか？　でも私に用があるなら、それこそメールのひとつも入れてくれればよかったのに、どうして大事な連絡手段ツール(スマホ)を手元から離したんだろう。

清良さんの不可思議な行動に何か徒ならぬものを感じて、私が思わず息を呑んだ時。清良さんが言った。

「ココちゃん、あのね——突然で悪いんだけど、今日ちょっとあなたの家に泊めてくれないかしら」

「えっ」

いきなりの宿泊申し込みに私が面喰らっていると、隣から六区が身を乗り出した。

「やっぱりお見合いがイヤで家出ですか？」

「ばかっ、なに言ってんのよあんたは！」

私は慌てて六区の口を塞いだ。けれど清良さんは、驚いた顔で「え、なんで知ってるの」とつぶやいた。

「えっ……まさか、本当にお見合いで家出なんですか……!?」

いつまでも夜の公園で立ち話もしていられないので、私は清良さんを家に連れて帰った。我が家はあの児童公園からすぐ近くなのだ。

六区に巻き込まれてコバルト編集部を訪問したので帰りが遅くなることについては、あらかじめ母に連絡を入れていた。母は編集部での話を聞きたくて私たちの帰りを心待ちにしていたようだけど、予定外に私が学校の先輩を連れてきて六区と一緒に部屋に籠(こも)ってしまったので、がっかりした様子で夕食用のおにぎりしか作ってもらえなくて」

「すみません、急なことでこんなものしか作ってもらえなくて」

私がおにぎりを勧めると、清良さんは「ううん」と首を振った。

「急に押し掛けた私が悪いんだから、気を遣ってくれなくていいのよ。私のことはいいから、ふたりはダイニングでちゃんと食べてくれれば?」

そう言われても、家出してきたという人を放って呑気(のんき)に夕食を摂(と)る気にはなれない。六区はといえば、食欲より好奇心が勝っている様子で、清良さんが詳しい事情を話してくれるのを待っている。それがひどく不謹慎に感じて、

「……六区。あんたは別に関係ないんだから、ここにいる必要はないのよ。向こうで着替えてごはん食べてくれれば。お母さんも編集部の話を聞きたがってるし」

そう言ってまだワンピース姿のままの六区を追い払おうとすると、六区はうるうるの瞳を清良さんに向けて訊ねた。

「先輩、僕がここにいたら駄目ですか?」

あっ、こいつ、色仕掛けに出やがった! 天使のような美少年のこの上目遣いに勝てる

者などいない。そうでなくても清良さんは年下の子から頼られるのに弱い人なので、目尻を下げて「いいわよ、いても」と答えてしまった。

「どうしてろっくんが私のお見合いの話を知ってるのかも気になるしね」

や、それは、知ってるんじゃなくてただの妄想なんですよ……と私は苦笑した。

ちなみに『ろっくん』というのは六区の愛称である。『六区くん』だと『く』が重なって言いにくいので縮まったのだ。学園内でも『美少年のろっくん』として有名で、直接面識がない相手からも普通にろっくんと呼ばれている。だから、今まで特に六区と関わることもなかった清良さんも、当たり前のようにそう呼んでいる。

「お見合いを知ってるというか、先輩の行動から推理をしてみただけなんですけど、やっぱりそうなんですね」

「推理？　ろっくん、すごいね」

全然すごくないです。ただの乙女妄想ですから。推理の結果がたまたま当たったとしても、その根拠を話せば、きっと事実とは全然違うに決まってるんです。

憮然とする私をよそに、清良さんはひとつため息をついてから語り始めた。

「いきなり泊めてくれと言われても訳がわからないだろうから、ココちゃんたちだけに話すけど――明日、両親が決めたお見合いがあるの。私はお見合いなんて絶対イヤなんだけど、すっぽかそうにも、今日一度家に帰ってしまったらもう外に出してもらえそうもないし、友達のところに転がり込もうにも、普段仲良くしてる友達の家なんてすぐ足が付いちゃうし……」

なるほど……。ご令嬢仲間の家だとお金持ち連絡網ですぐ見つかっちゃうけど、今まで訪ねたこともない一般家庭の後輩の家なら盲点だろう、ということで私に白羽の矢が立ったのか。

実際私は、自宅について、最寄り駅と近くに公園があることくらいしか清良さんに話した覚えがない。今日、校門の前で私を摑まえ損ねた清良さんは、以前聞いた私の自宅情報を頼りに、あの公園で私を待っていたということか——。

「でも、どうしてお見合いなんて？　まだ高校生なのに」

私が訊ねると、清良さんは肩を落として答えた。

「私の日頃の行動が、両親は気に入らないらしくてね。毎月のように騒ぎを起こして警察から『お嬢さんを預かってます』と連絡を受ける親の身にもなれ、もうおまえは大学なんか行かなくていいから結婚して家庭に入れ、お願いだから嫁に行って落ち着いてくれ——と怒鳴られるやら泣きつかれるやらで、気がついたらお見合いの話が決まってたのよ……」

「それは、なんとも——」

私はそこまでしか言えず、絶句した。六区の妄想が当たってる……！

「しかも当日まで私には内緒にしておくつもりだったみたいで、たまたま今朝、明日の打ち合わせをしている両親の話を私が聞いてしまって発覚したの。それで開き直った両親から、怒鳴られるやら泣きつかれるやら、ってわけ。とりあえず今日は学校へ行くからって家を出たけど、こんなの、帰ったら明日まで絶対軟禁状態になるやつじゃない。帰れるわけないわよ」

「それでスマホの電源を切って学校に置いたまま、行方を晦ました、と……？」

「普段、帰りは迎えの車を断ってるけど、今日は差し向けられそうだったしね。いつまでも学校の傍にいたら捕まっちゃうから、ココちゃんの家を捜しながらこの辺をうろついてたの」

つまり、学校で私に声をかけてきた時に辺りを窺うような素振りを見せたのは、迎えの車が近くに来ていないかを確認していたわけだ。

清良さんの不思議な行動の理由がわかってひとまずは納得したものの、隣では六区が瞳をキラキラさせて清良さんを見つめている。

「それで、先輩がお見合いを厭がる理由は何なんですか？」

六区のストレートな質問に、清良さんは「え」と小さく口を開けたまま六区を見つめ返した。

「ご両親が先輩のために選んだ相手なんですから、きっと家柄や経済状態の条件がいい人ですよね。会いもしないで断るのはもったいないんじゃないですか」

「そんな……家柄とか財産なんて関係ないわよ。でも私は……私はただ、結婚なんて考えられないの。絶対イヤなのよ」

「それは、忘れられない人がいるから、ですか？」

追い詰めるように問う六区に、清良さんは今度は瞳を見開いてお化けでも見たような顔になった。

「……それも、ろっくんの推理？」

六区は天使のような笑顔で頷いた。

「離れ離れになってしまった初恋の人がいるんでしょう？」

清良さんは苦味混じりの笑みを浮かべた。

「初恋……っていうのかしらね……。私は小学校の五年生まで、祖母の田舎で暮らしてたんだけど——そこで時々遊んでくれる地元のお兄さんがいたの。五つ年上で、深雪って名前だった。名前どおりに雪のように白い肌で、明るい色の髪と瞳をした、優しいお兄さんだった。私は身体が弱いくせにお転婆の悪戯好きで、でも私がどんな悪戯をしても深雪は怒らなかった。私はずっと深雪と一緒にいたかったのに、深雪は突然どこかに引っ越して、いなくなってしまった。別れの挨拶（あいさつ）も出来なかった――」

　切なそうに思い出を語る清良さんに、私はもう何をどう言っていいのかわからなくなっていた。六区の妄想が次々に当たってゆく。清良さんがどんどんリアル瑠璃姫になってゆく。

「ある時からぷっつり深雪の姿が見えなくなって、心配した私は深雪の同級生らしい中学生を摑まえて彼のことを訊ねたの。それで彼が引っ越したことを知った。でも引っ越し先は聞いてないって言われて、それきりよ。祖母の家の者は私が地元の子と仲良くなることにいい顔をしなかったから、いつも遊んでくれるお兄さんのことは内緒にしてたの。だから深雪の行方を調べて欲しいなんて言えなかった。そうこうするうちに私も本邸へ戻ることになって、現在に到（いた）る――ってわけ」

「その後、深雪さんのことを調べたりはしなかったんですか？」

　六区の問いに清良さんは頭（かぶり）を振った。

「子供の頃の私ってバカよね。深雪のこと、名字とか家族についてとか、全然聞いてなかったの。わかってるのがただ『深雪』って名前だけじゃ、調べようがないでしょ」

「それでも、忘れられないでいるんですね」

「……すごく、優しいというか、懐の深い人だったから」

そう答えて清良さんは小さく肩を竦めてみせた。

「たとえば深雪みたいな人と結婚したら、私が毎週警察沙汰を引き起こしたって、笑いながら受け入れてくれると思う。そういう人とだったら結婚してもいい。でも両親の選んだ人が、そんなタイプだとは絶対に思えないから。だから私は断固お見合いは拒否なの！」

と、清良さんが断言した時だった。玄関でチャイムが鳴った。かと思うと、母がドアを叩いて清良さんに来客だと告げた。

「私に客？」

清良さんが訝しげな顔をする。それはそうだ。ここに清良さんがいることを、私たち以外の誰が知っているというんだろう。

「ココちゃん、悪いけど代わりに出てくれる？　誰なのか確認してきて」

「わかりました」

私が玄関へ向かうのを、六区も妙にニヤニヤしながら付いてくる。

「何よ、その顔」

「うん、面白い展開になったなあと思って。瑠璃姫と吉野君の初恋話の次は、高彬の出番だよ」

「え？」

思わず振り返って六区の顔を見たものの、清良さんのおうちのような大邸宅ではない我が家のこと、そう長い会話も出来ずに玄関に着いた。そこに立っていたのは、すらっとした長身に有名進学校の制服を着て、銀縁眼鏡が見るからに頭良さそうな男子高校生。

「あの……？　どちら様ですか？」

「夜分に失礼いたします。僕は高屋敷千理と申します。こちらにお邪魔している藤堂清良を迎えに参りました。この度はご迷惑をおかけして申し訳ありません」

「えっ……」

丁寧に頭を下げる高屋敷千理さんに、私はびっくりして目を丸くしてしまった。

高彬だ！　高彬が来た！

でもどうして清良さんがうちにいるってわかったんだろう!?　ここはやっぱり、清良さんのことは隠しておいた方がいいの!?

「えっ、えっと——その、何かの間違いじゃありませんか？　清良さんなんて来てませんよ？」

私が上ずった声でとぼけると、千理さんは眼鏡の縁をクイッと上げて足元に目を落とした。

「靴」

「え」

「ここにサイズの違う女子学生用ローファーが二足ありますね。鷺沼湖子さん、あなたに姉妹はいないはず。そちらは、スカートを穿いていても弟さんですよね？　サイズから見てもブランドから見ても、この片方は清良さんのものです」

あ〜、迂闊だった！　まさかうちに清良さんを捜しに来る人がいるなんて思ってなくて、靴を隠してなかった！　こんな庶民の玄関に不似合いな高級革靴、ごまかしようがない！

「しょうがないよ、ココちゃんは嘘をつくの慣れてないんだから」

後ろから六区がフォローしてくれるけど、でも千理さんはなぜうちの家族構成まで知ってるんだろう……!?

これは自分が太刀打ち出来る相手ではないとひしひしと感じ、私は清良さんを呼びに走った。

「千理が来た……!?」

飛び上がって驚いた清良さんは玄関に駆けつけ、千理さんを睨みつけた。

「なんでここがわかったの!?　私を迎えに来たってどういうことよ」

「さっき藤堂家から高屋敷家に、清良さんがまだ帰宅しない、連絡も取れない、そちらに行っていないかと問い合わせがあったと聞いてね。藤堂家では、見合い話に機嫌を損ねたあなたが家出したのではないかと大騒ぎになっているようだよ。まあそういった事情の場合、あなたの思考と普段の行動と交友関係を分析すれば、今回はこちらのお宅にご迷惑をかけていそうだなと簡単に答えが出ただけのこと」

しれっと答える千理さんに、清良さんはぐぬぬとくちびるを噛む。

もう清良さん、スマホの電源切って学校に置いてきても、全然意味なかったじゃないですか～！　GPSなんか関係なく、幼なじみに行動をすべて読まれてる！（ついでに友人知人の家族構成も調べ上げられてる！）

「ふ、ふん。だから何よ、私は帰らないわよ。お見合いなんて冗談じゃないわ、こんな話、両親が諦めるまで私は絶対帰らないんだから！」

ぴしゃりと言ってまた私の部屋へ戻ろうとする清良さんを、千理さんが引き留めた。

「待ってよ清良さん。そんな風にご両親と根競べをしても意味はないよ。もっと頭を使ってごらんよ、一発で見合い話なんて潰せる方法があるだろう」

「えっ？」

お見合いを潰せると聞いて、清良さんがくるっと振り返った。

「な、何よ。どんな作戦よ、聞いてあげるから言いなさいよ」

千理さんは片手で眼鏡の縁を触ってから答える。

「簡単なことだよ。ご両親に、すでに結婚を約束した相手がいると言えばいい」

「へっ？　そんなのいないけど」

「そこは方便だよ。たとえば手っ取り早く、この僕とかね。自慢じゃないけど僕はあなたのご両親に気に入られているし、家柄も釣り合いが取れているから反対はされないだろうし。でも僕の方が齢が下だから、今すぐ結婚という話にはならない。とりあえず婚約だけしておけば、あなたは見合いを迫られる日々から逃れられるってこと」

千理さんの説明に、清良さんは見る見る表情を明るくした。

「確かにそれはいいアイディアだわ。ほんと、あんたが相手なら今すぐ結婚ってことにはならないもんね。つまり、偽装婚約の協力をしてくれるってことね？　何よ、あんたもいいところあるじゃない！　持つべきものは狡い性格の幼なじみね！」

「どういたしまして」

千理さんは芝居がかったお辞儀をする。

「じゃあこれから僕と帰ってくれるね？　ご両親相手に一世一代の芝居を打つわけだから、打ち合わせもしないと」

「そうね、わかったわ。——ココちゃん、ろっくん、今日は迷惑かけてごめんね。また今度埋め合わせするから」

　そう言って清良さんは千理さんと一緒に帰ることになった。

　六区と並んで見送りに出ると、千理さんは少し離れたところに乗ってきた車を停めているのだと言った。そこまで歩く間、夜道に躓いて転びそうになった清良さんを、千理さんが事も無げに支える。

「あれ、清良さん、背が縮んだ？」

「あんたの背が伸びたんでしょ、ひょろひょろと！」

「うん、まだちょっと伸び続けてるんだ」

「そりゃよかったわね」

「それだけ？」

「他に何を言えっていうの？」

　そんなことを言い合いながら車に乗り込むふたりを見送り、私は六区と顔を見合わせた。

「……ねえ、六区。もしかしてあれ、方便とか偽装とかじゃないんじゃないかな……。清良さん、騙されてない？」

　乙女なあれこれに疎い私にもなんとなく察せられるものがあって六区に訊ねると、これまで黙ってふたりのやりとりを見物していた六区は、

「うん、清良先輩、あれは駄目だよねえ……」

と言って大きく頷き、ため息をついた。

「でもまあ、千理さんにとっては、清良先輩のああいう単純なところが可愛いんだろうけどね。それにしても隙（すき）だらけだよね、普通、あそこまでころっと騙されないよね。いつもああなのかな。あれじゃ、千理さんからしたらいつでも食べてくださいって言われてるようなものだよ。よく我慢してるよね」

「……」

乙女妄想だけの少女趣味男子かと思えば、不意に普通の男子目線（？）の意見を言ったりするところが六区の侮（あなど）れないところである。私は清良さんの身を心配しつつ、「早くそのワンピース脱ぎなさいよ」と言って六区を連れて家の中へ戻ったのだった。


そして、案の定というべきか、事態はそう単純に収まらなかった。

「罠（わな）に嵌（は）められたわ！」

翌週の昼休み、私は憤慨（ふんがい）している清良さんに摑まって愚痴（ぐち）を聞かされた。

あの夜、清良さんを藤堂邸へ連れ帰った千理さんは、実は自分たちはずっと以前から想い合っていて、けれど自分の方が年下なのでなかなか親には言い出せず――と清良さんのご両親に向かって実に真に迫った風に語ってみせたのだという。それにすっかり騙された清良さんのご両親は、予て(かね)からお気に入りの千理さんを娘の婿(むこ)に出来ると大喜びで、翌日の見合いの話もなんだかんだ理由を付けて取り止めにしてくれた。

喜んだのも束の間、この方便の婚約工作は効果があり過ぎた。頼んでもいないのに清良さんのご両親がどんどん話を進めてゆき、このままでは千理さんの高校卒業と同時に有無を言わさず結婚させられてしまいそうだという。

「こんなことなら、素直にお見合いに出席して、大暴れして破談に持ち込んだ方がよっぽどよかったわよ……！　千理の奴、このままじゃ本当に結婚させられちゃうわよって言ってやっても、『それならそれでかまわないよ』なんてふざけたこと言いやがるし……っ」

清良さんはお嬢様らしからぬ言葉遣いで頭から湯気を出さんばかりに憤(いきどお)っているけれど、私としては、ああ、すべて千理さんの計算どおりに進んでるんだなあ……と思うだけだった。

「大体ね、ひとりっ子の千理には兄代わりとも言えるような従兄(いとこ)がいるんだけど、そいつが私のことを昔から毛嫌いしてるのよ。そのせいで、高屋敷家の方では私の印象は悪いはずなの。そんな家に嫁に行くなんて真っ平御免よ！」

その新情報にも、やっぱり高彬には守弥(もりや)が付いていたのか……と思ってしまう私は、六区に毒されてきているのだろうか。ちなみに守弥というのは、若君命！　な高彬の乳兄弟(ちきょうだい)である。

「とにかくね、千理は千の理屈をこねる男。このままじゃ、あれこれ理屈を付けて言い包(くる)められて、引き返せないことになっちゃうわ」

自分がいつも言い包められていることはわかってるんですね、清良さん。

「なんだか知らないけど、昔から千理は私に執着(しゅうちゃく)してるのよ。私の行動に文句を付けたり厭味を言いながらも、傍に寄ってくる。でもどうにもあいつは年下のくせに説教臭くて、いつも喧嘩(けんか)になるの。あー、深雪は優しくて、細かいことでブツブツ言ったりしなかったのに、やっぱり年上のお兄さんだったから、包容力があったのよね——なんて話をすると、さらに厭味とお説教がグレードアップするしね。やってられないわ」

いや、それはやることとなすこと初恋の人と比べられたら、千理さんの方こそやってられないと思いますよ。……どうしよう、清良さんが鈍感過ぎて、なんだか千理さんの方に同情したくなってきた。

私が複雑な気分になっていると、清良さんがふとメランコリックな表情になって目を伏せた。

「もちろんね、深雪とはもう二度と会うことはないだろうって、わかってるのよ。それでも私が深雪のことを忘れられないのは、さよならを言えずに別れてしまったからなのかもしれない。あの時、きちんと別れの挨拶が出来ていれば、ここまで心に残らなかったんだろうなって思う。でもそんなことを考えてみても、とにかく現実として忘れられないものはしょうがないじゃない。比べないで欲しいって文句を言われても、千理はやっぱり深雪とは違うし――」

どうやら、恋愛問題に疎い私には手に負えない展開になってきた。ここは六区に相談するべきかと悩みながらの帰り道。

学校を出て少し歩いたところで、千理さんが誰かと話しているのを見かけ、私は慌てて近くの電柱の陰に身を隠した。

そうっと電柱から顔を半分出して様子を窺えば、千理さんと話しているのは大学生くらいの青年だった。漏れ聞こえる会話の内容から、あの人が例の、守弥に当たる従兄のようだ。清良さんの様子を覗きに来た千理さんを待ち伏せして摑まえて、あんな女は諦めろと説得している図と見た。今さら出て行けないので盗み聞きを続けていると、

「清良さんがどんなにハチャメチャだって――ハチャメチャだからこそ、放っておけないんだよ。どんなに説教臭いと鬱陶しがられたって、僕くらいしかあの人に根気よくお説教出来る人間はいないんだから、それが僕の役目なんだよ」

千理さんが従兄に向けたその言葉に、私ははっとして胸を押さえた。

まるでそれが、自分と六区の関係に重なって感じたのだ。

うちの弟の六区も、絶好調の妄想を武器にハチャメチャなことばかりしていて、私はいつもそれを心配している。千理さんとしては、清良さんがハチャメチャなのはもうしょうがないから、せめて傍で見守っていないと心配でたまらない——そういう心理なのだろう。よくわかる。だから私もこの間、六区が心配で、あの子にくっついてコバルト編集部まで行ったのだ。

私たちは姉弟（きょうだい）という関係だから、姉の私が弟の尻拭（ぬぐ）いをするのも仕方がないと思えるけれど、清良さんと千理さんは他人同士だ。そういう場合、何かもうどうしようもなく放っておけなくて、相手を傍に置いておきたいという気持ち——千理さんのそれは、恋という形に結晶するのだろうか。

私がつい恋というものについて考え込んでいる間も、千理さんは従兄相手に切々と清良さんへの想いを語っていた。清良さん本人には慇懃無礼（いんぎんぶれい）な感じの態度なのに。本気で清良さんのことを大切にしてるんだな——。

なんだか胸を打たれてため息をついた時、背後にふと人の気配を感じた。振り返って、ぎょっとする。

「！」

いつの間にやら、六区が私の後ろで一緒に盗み聞きしていた。

――これだから、なんだかんだで似た者姉弟なんて言われちゃうんだ……（私としては大変に心外である！）。

なんて素敵に学園ジャパネスク

罠に嵌まった清良さんが落とし穴の中でもがき続ける一方、中等科の学園祭準備は滞りなく進み、無事に当日を迎えた。

劇の演し物は小講堂で行われ、六区のクラスは午前と午後に一回ずつ上演するスケジュールになっている。今日は高等科も授業が半日で終わるので、私も午後の公演を覗くことが出来るのだ（ちなみに母は、パートを抜け出して午前の部を観に来たらしい）。

脚本・演出担当の六区は『関係者・招待席』と札の貼られた席におり、その隣ではコバルト編集部のジャスミンさんがカメラを構えている（今日は目の覚めるようなグリーンのスーツで、やっぱり目立っている）。

私も一応、六区から招待状をもらっているので、招待席の隅っこに座った。すると、隣に清良さんが来たので驚いた。

「ろっくんに誘われたのよ、ぜひにって」

「えっ……」

リアル瑠璃姫に、あの物語を見せようっていうの？　見せてどうしようっていうのよ——。

私が六区の方を見ると、パチンとウインクを返された。いや、そういうことをしろって言ってるんじゃなくてね……！

イラッとする私の前で、舞台の緞帳(どんちょう)が上がった。もう席から動くことも喋ることも出来ず、仕方がないので黙って劇を観ることにした。

実際、舞台に目を転じると、息を呑む煌(きら)びやかな世界がそこにあった。

六区が言っていたとおり、プロの舞台衣装を扱う貸衣装屋で衣装を揃え、その伝手でセットも借りられただけあって、舞台上は平安時代の雰囲気が満点で、とても中学の学園祭とは思えない豪華さだった。

芝居の内容としては、ヒロインの瑠璃姫に横恋慕する鷹男の帝を出すと話が長くなってしまうので、一巻の前半のみを再構成し、初恋の人・吉野君を忘れられない独身主義者の瑠璃姫と、彼女を想い続けている年下の幼なじみ・高彬が巻き起こすラブコメ、という形にまとめられていた。

親から無理矢理縁談を進められた瑠璃姫は、初恋の吉野君との思い出に殉(じゅん)じ、出家(しゅっけ)しようとする。けれど高彬に引き留められ、彼と子供の頃に交わした結婚の約束を思い出した瑠璃姫は、彼の自分への一途な想いに心打たれ、それに応える覚悟を決めたのだった——。

私としては、六区のことだからまさかの二次創作的妄想超展開に突入する危険性も覚悟しながら観ていたのだけれど、あにはからんや、原作から逸脱することなくしっかりまとめられていて、安心した。ほっとするのと同時に、作品に対する六区のリスペクトを見た思いだった。

とはいえ、中学の学園祭で押し倒し寸止めシーンをばっちりやってのけた度胸には度肝を抜かれた（よく学校側のＯＫが出たと思う！）。しかも、押し倒される瑠璃姫役は男子である。

そう、今回のこれは逆転ジャパネスクなのである。瑠璃姫役の男子が本当に可愛いお転婆姫キャラで、高彬役の女子も長身でちゃんと男声を作っているのがすごい。途中からはもう、役者の男女が逆転していることなど忘れて観ていたくらいだった。

そうして劇が終わり、隣の清良さんの様子を見ると、何やら呆然とした表情で細かく瞬きを繰り返している。

「清良さん……？　どうかしたんですか？　清良さん？」

私が何度か声をかけると、やっと我に返ったようにこちらを見てつぶやく。

「思い出したわ……」

「思い出した？　何をですか？」

きょとんとする私の脇から、六区がひょこっと顔を出した。

「やっぱり、先輩も千理さんと約束をしてたんですよね？」

「……」

したり顔の六区に対し、清良さんは少しむっとしたように黙り込んだ。

「なに？　六区、どういうこと？」

訳がわからないでいる私に、六区が得々と語り始める。

「先輩は子供の頃、田舎から都内の邸宅へ戻ったはいいものの、なかなか環境の変化に馴染めずにいたんだよ。そこへ家同士の付き合いがある高屋敷家の千理さんがよく遊びに来てくれた。でも先輩はどうしても、田舎で遊んでくれた深雪さんが懐かしかった。理屈っぽくて小生意気な年下の少年より、なんでも受け入れてくれる年上のお兄さんがよかった。きっとその頃の千理さんは、先輩より背も小さかったんじゃないですか？　年下なんてイヤ、お兄さんがいい、と駄々をこねる先輩に」

六区がそこまで言った時、別の声が続きを引き取った。

「齢はどれだけ頑張っても清良さんを越えられないけど、背は伸びるよ。僕が清良さんより大きくなったら、僕を恋人にしてくれる?」

後ろに立っていたのは千理さんだった。

驚いて振り返る私に、「僕が招待状を送ったんだよ」と六区がささやいた。清良さんだけじゃなくて、千理さんまで呼んでたのか——。

六区の根回しに呆れつつ、千理さんの台詞を反芻し、なんてませたことを言う小学生だろう——と私は苦笑した。そしてそれに対し、清良さんがなんと答えたのかが気になった。

「思い出した」というのは、今の劇を観て、千理さんへの返事を思い出したってこと?

清良さんは悔しげにくちびるを歪ませてから、言った。

「——ちびっこ千理のくせに! いいわよ、あんたが私よりずっと背が高くなったら、結婚だってなんだってしてやるわ!」

「……そう答えたんですか? それをずっと忘れてたんですか」

私は目を丸くして清良さんと千理さんを見比べた。清良さんはばつの悪そうな顔で横を向く。

「ええ、ころっと忘れてたわよ。今、劇を観て思い出したの。そういえば、そんなこともあったなーって」

「お蔭様で、僕はすっかり清良さんより背が高くなったよ。うちは長身の家系だからね、子供の頃の背だけで判断しちゃいけなかったね」

厭味なほどにっこり笑って言う千理さんを無視して清良さんは六区を見た。

「でも、どうして私たちの子供の頃のやりとりをろっくんが知ってるの」

六区もにっこり笑って答える。

「簡単な推理ですよ」

だから、それは「簡単な妄想」の間違いでしょう。

「前に千理さんが先輩をうちに迎えに来た時、背のことを言ってたじゃないですか。何かこだわってる感じだったし、その時、ピンと来たんです。これは小説なら伏線に使うところだって。きっと、子供の頃にこんな感じのエピソードがあったんだろうなって」

「だから私たちをこの劇に呼んだってこと？」

「はい。瑠璃姫と高彬のエピソードを見たら、もしかしたら先輩も思い出すかなって」

要するに、こういうことだ。清良さんは「なぜか昔から千理は私に執着している」と言っていたけれど、実のところはなぜか執着しているんじゃなくて、千理さんは幼い頃の約束を忘れずにいただけだったのだ。そしてそれを忘れてしまっている清良さんに対し、もどかしくて厭味を言ったりしてしまったのだろう。

納得している私の傍らで、ジャスミンさんが興奮に鼻息を荒くしていた。

「ああっ、こんな展開になるなら、編集部のみんなも誘うんだったわ！　現代の瑠璃姫はどっちを選ぶの⁉　一途な高彬？　初恋の吉野君？　それともここへ、鷹男の帝から御文ならぬメールが舞い込むとか⁉」

「過去のハチャメチャ行動で、知らないうちにどこかの御曹司を救けていてこっそり想われてる……って展開はアリですよね」

「アリよアリよ、大アリよ～！　ここで御文が来たところで『つづく』よねっ」

勝手なことを言っているジャスミンさんと六区である。

このふたりは一体、清良さんと千理さんの仲をまとめたいのか、ただ無責任に事態を眺めて楽しんでいるだけなのか。現実と小説の区別が付いていない人たちだから、多分に後者のような気がする……。

と、そこへ、長身の目立つ美青年が近づいてきたかと思うと、ジャスミンさんに声をかけた。

「姉さん」

――え、と私はその人を振り仰いだ。

姉さん――と呼ぶということは、ジャスミンさんの弟⁉

顔はあんまり似ていないけれど、色の薄い髪と瞳、外国人っぽい顔立ちをした美形というところは同じだった。でも、なぜこんなところにジャスミンさんの家族が?

驚いているのはジャスミンさん自身も同じなようで、「なんであんたがここにいるの」と訊いている。

「まあ、新しい職場の見学?　そしたら姉さんの好きだった小説の劇をやってるものだから、懐かしくて真剣に観ちゃったよ。姉さんこそ、どうしてこんなところに?」

「私だって仕事の取材よ」

ジャスミンさんはデジカメを手に威張ってみせてから、私たちがきょとんとしていることに気づいて弟さんを紹介しようとした。けれど、

「ああ、ごめんね、これは私の――」

と言いかけた途中で、清良さんが「深雪!?」と叫んだ。

「はい、宇里原深雪ですが」

深雪というらしいジャスミンさんの弟さんは、笑顔で頷いてから清良さんを見つめ返し、

「あれ?」と首を傾げた。

「もしかして――昔一緒に遊んだ清良ちゃん?　えー、そのぱっちりおめめ、清良ちゃんだよね、うわ、何年ぶりだろ?　綺麗になったね」

「やっぱり、深雪なのね!?　びっくりした、もう二度と会えないと思ってたから、私

「――」

まるで死んだ人が生き返ったような、はたまた絵の中の人物が抜け出てきたような、信じられないものを見る顔で清良さんが絶句する。ついでに私も絶句した。六区すらもこの展開は妄想出来なかったらしく、唖然（あぜん）としている。

――つまり、なに？　清良さんの初恋の人・深雪さんは、ジャスミンさんの弟の深雪さんだったということ!?　これは、編集部の誰かが言っていた、まさかの吉野君エンドもあり得るってこと……!?

なりゆきで千理さん派になっていた私は、心配になって千理さんを見た。飽くまで過去の人物として語られてきた存在が突然目の前に現れ、さすがの千理さんも面喰らった顔をしていた。

「ここで吉野君参戦とは、事実は小説より奇なりって本当だな……」

六区がぶるりと震えながら（新たな妄想ネタへの武者震い？）つぶやく。けれどそれを聞き咎（とが）めたジャスミンさんが口を挟んできた。

「え、ちょっと待って。深雪が吉野君ってどういうこと？　何その配役。うちのこれ、弟じゃなくて妹なんだけど」

「――えっ？」

またまた絶句して、私たちはジャスミンさんを見た。

「こないだ言わなかったっけ？　妹が今度、鷺ノ院で産休の代理教師を務めるって。今日もその関係で学園祭の見学に来たんでしょ」

「……そういえば、それは聞きました。聞きましたけど――」

これのどこが妹!?　背も高いし声も低いし顔立ちもキリッとして、何よりラフなメンズスーツを着て、どう見ても普通にイケメンなお兄さんなんですけど――!?

「……あの、女性なのにどうして男性の恰好を……？」

私がおずおず訊ねると、深雪さんはイケメンスマイルであっさり答えた。

「え？　似合うからだよ」

ああ、これは――「似合うから」という理由で抵抗なく女装する六区と同じ種類の人だ。

こんな人が新しい担任になったら、六区のクラスがさらに無法地帯になりそうな気がする……！

ともあれ、このままここにいたら次の演目が始まってしまうので、私たちは小講堂を出て、その裏手の人気（ひとけ）がない場所で話を再開した。

深雪さんの日本名は、宇里原ローズマリー深雪。ちなみにジャスミンさんも、正確には宇里原ジャスミン早雪だそうだ。深雪さんはジャスミンさんとは母親違いの齢の離れた妹で、深雪さんが清良さんと知り合った当時、ジャスミンさんはすでに東京で就職していた。その後、深雪さんたちも急に東京へ引っ越すことになったのだという。

「本当に急なことでね、清良ちゃんに別れの挨拶を出来ないままだったのは、私もずっと心残りだったんだ。ここで再会出来たのは奇跡的な偶然だったね」

「あの……清良さんとはずっと男の子のふりをして遊んであげてたんですか?」

場所を移動してもまだ呆然自失といった体の清良さんの代わりに、私が深雪さんに質問した。

「そう思われてるみたいだったからね。まあ昔から男顔で、スカートなんて穿くことなかったし、間違えられるのは慣れてたしね。わざわざ訂正することでもないかなって思って」

その慣れからの対応が、純真な少女の初恋を奇想天外な展開にしてしまった——ということか。もちろん、深雪さんに悪気があったわけじゃないし、彼女を責めることは出来ないけど——(それにしても、『彼女』という三人称がまったく似合わない人だ!)。

憮然とする私の横で、ジャスミンさんも複雑そうな表情をしている。

「吉野君が女だったなんて、まさかの展開だわ……。しかもそれがうちの妹だったなんて……さすがにこれは予想出来なかったわ……」

「でも、起こることの全部が予想どおりだったら面白くないですよ。これくらいのイレギュラーは起きてくれないと、現実を生きている醍醐味がないです」

「さすが六区ちゃん、いつでも前向きね。見習いたいわ」

ジャスミンさんは頻りに感心しているけど、六区の前向きさは能天気と紙一重なので、あまり見習わない方がいいと思う……。

私が苦笑してため息をついた時、

「――残念だったね、清良さん。初恋のお兄さんが実は女性だったなんて」

と、少し離れたところからこちらを眺めていた千理さんが不意に口を開いてにっこり笑った。

「……何よ、そんな嬉しそうな顔で言うことないでしょ。この根性悪！」

清良さんもやっと呆然状態から復帰して、千理さんに言い返した。千理さんは清良さんに歩み寄りながら答える。

「それは嬉しいよ。邪魔者がいなくなったわけだからね」

「邪魔者って」

「うん。あなたがずっと心残りにしていた相手の正体がわかって、これで三角関係はなくなっただろう？　そうそう、いろんなところで僕とあなたの恋物語をあることないこと吹聴した上に、ついでにあなたのハチャメチャっぷりも宣伝して回ったからね、もうこの先あなたにまともな縁談は来ないと思うよ」

「な……」

清良さんが口と目を丸く開ける。

「しょうがないから、僕で我慢しなよ」

千理さんが清良さんの顔を覗き込みながらそう言った瞬間、清良さんが反応する前に外野のジャスミンさんが「キャー！」と悲鳴を上げた。

「ちょっと六区ちゃん、彼に台詞仕込んだの!?」

「まさか。予想外のアドリブです」

六区の声も震えており、頬は薔薇色に紅潮している（見た目だけではわかりにくいけど、鼻息も荒い）。

ふたりが大興奮しているのは、今、千理さんが口にした言葉が、高彬一世一代の名台詞だからだ。シリーズ屈指の名シーンとして六区と母から散々聞かされているため、私の脳みそにもしっかり刻み込まれている。

でも言われた本人じゃなくて、ギャラリーの方が大喜びしているというのはどうなのか。たぶんこれは、当事者の清良さんより、ジャパネスク読者に響く台詞なんだろう。原作小説とは、この台詞に到る流れが全然違うとしても。

　そう、台詞は同じでも、小説の中の高彬はこんな計算高いキャラではない。瑠璃姫を手に入れるため、水面下で工作して外堀を埋めて追い込むようなことはしない。話の流れは異なるのに、同じ台詞が飛び出してしまうなんて、どんな偶然の悪戯なのか。

　清良さんは顔を真っ赤にして千理さんを睨んでいるし、深雪さんは自分の置かれている立場がよくわかっていないようできょとんとしている。そして六区とジャスミンさんは手を取り合ってはしゃいでいる。

「あー、まさか目の前で高彬のあの台詞を聞く日が来るとは思わなかったわっ。生きててよかった、少女小説の神様ありがとうっ」

「本当に、こういう美味（おい）しい想定外（イレギュラー）もあるから人生は楽しいですね！」

　イレギュラーとは言うけれど、そもそも六区がジャパネスクの劇を企画しなければ、この展開はなかったんだろうな――と思う。

　六区が劇に清良さんを招待していなければ、清良さんは千理さんとの子供の頃の約束を思い出せないままだっただろう。

　六区が今回の企画を説明しにコバルト編集部へ行き、ジャスミンさんを巻き込んでいなければ、たとえ講堂に現れた目立つイケメンと清良さんが感動の再会を果たしても、来学期まで深雪さんが女性であることを教えてくれる人がいないまま、事態はさらに混乱していただろう（どうも深雪さんって、男と間違われることを楽しんでる節があるし！）。

そして、千理さんが私たちの目の前であの台詞を言う展開もなかっただろう（言う流れになったとしても、普通は清良さんとふたりきりの時だ）。

ふたりのあの様子では、きっとこのまま清良さんは千理さんに押し切られちゃうんだろうなあと思う。でも清良さんみたいな暴れん坊お嬢様には、千理さんみたいな人が付いていてくれた方がいいとも思う。結局のところ、六区が去年からクラスに『なんて素敵にジャパネスク』を流行らせて張り続けてきた伏線は、最終的にここへ繫がっていたのかもしれない。

——妄想癖が激しくてハチャメチャな弟だけど、たまには人の役に立つこともするのよね。本人はただ自分が楽しんでるだけなんだろうけど。

私は軽く笑って六区の頭を撫でた。

「？　なに、ココちゃん？」

不思議そうな顔をする六区に、「ご褒美」と答えて私は他の模擬店を覗きに出かけた。

その後――。

清良さんに鷹男の帝（に当たる役どころの御曹司）から求愛の御文（メール）が舞い込んだという話は今のところ聞かないけれど、私に対してはジャスミンさんから、六区の少女小説家デビューを促（うなが）すメールが頻繁（ひんぱん）に舞い込むようになったのだった。

じゃぱねすく六区・番外

～うちのジャパネスクファンの母親が～

都下某所に広大な敷地を有する私立鷺ノ院学園。私こと鷺沼湖子は、高等科一年に籍を置く、ごく普通の女子高生である。

巷はゴールデンウィーク。昼間は遊びに出かけたものの、夜は真面目に宿題をやろうと机に向かったところ、隣の部屋から話し声が聞こえてきた。

隣は弟・六区（中学二年生）の部屋で、私の部屋とは壁を挟んで勉強机が向かい合う格好になっている。そんな構図で、薄い壁一枚隔てた程度では、話し声など素通しも同然。

会話の相手は母だった。

「ねえ、ろっくん〜。守弥も出そうよ、煌姫も〜。鷹男の帝だって出した方がいいわよ絶対。どうせだったら、オールスター総出演のお祭り騒ぎにすればいいじゃない」

「だからね、お母さん。上演時間は限られてるんだよ。そんなにあれこれ盛り込んだら、物語の焦点がぶれてしまって、虻蜂取らずの出来になっちゃうよ」

一端の作家のような口をきくこの弟、現在、学園祭で上演する劇の脚本を執筆中なのである。

劇のタイトルは『なんて素敵にジャパネスク』。往年の少女小説の名作である。母親所蔵の少女小説を読んで育った六区はこの作品の大ファンで、地道にクラス内で布教しまくった結果、今回めでたく学園祭の演し物として上演することになったのだ。

それを知った母は大興奮。脚本担当の六区に、あんな場面を観たい、こんな場面を観たい、とリクエストを出してくるのだった。

「もう嬉しくって楽しみで、お母さん、文庫全部読み返しちゃったわ～。漫画版もね！　そういえば、昔は『コミカライズ』なんて言い方しなかったわよね～。普通に『漫画版』とか『コミック版』とか言ってたよーな気がするけど、どうだったかしら？　まあとにかくお母さん、ちゃんと漫画版もリアルタイムで雑誌読んでたのよ。あの頃の花ゆめには他にも——」

　どんどん脱線してゆく母の話を六区は、

「お母さんはあの時代の花ゆめいとだもんね」

の一言でバッサリ切る。あの時代もその時代も、あんたが生まれる前の話じゃないの。

　ちなみに私は父親所蔵のスポ根漫画を読んで育った口なので、少女漫画も少女小説も今いち疎い。ただ、『なんて素敵にジャパネスク』に関しては、母と弟両方からストーリーを繰り返し聞かされているため、読んだことはないけどなんとなくキャラと物語を把握してしまっている。

「じゃあ、せめて守弥だけでも出せない？　お母さんが守弥推しなの知ってるでしょ。ていうか、高彬とのコンビ推しなのよ～」

話を元に戻した母が、しつこく六区に喰い下がっている。

守弥とは、ヒーローである高彬（名門貴族のエリート若君）の乳兄弟で、ヒロイン瑠璃姫（ハチャメチャぶっ飛び姫君）のことを嫌っている。うちの大事な若君にあんな風変わりな姫君は相応しくない、とふたりの仲を引き裂く企みを立てるものの、それがいつもうまくいかないという気の毒な人である。

「基本は切れ者なのに、頭脳労働担当なのに、ここぞというところで残念な目に遭う守弥を観たい～。大真面目な顔で若君のために空回りしてる守弥を観たい～。瑠璃姫と再会してしどろもどろになってる場面でもいい～。『ジャパネスク・アンコール！』から三巻にかけてのあたり、やろうよ～。あ、でもその後の、なんだかんだで味方になって、いつも瑠璃姫を助けちゃってるところとかもニヤニヤが止まらないわよね～。あー、でもやっぱり、守弥の『若君命！』のところが見られればなんでもいいわ～。それを高彬が苦い顔でスルーするところもセットで！」

どうもうちの母という人は、スマートなイケメンより、どこか残念な隙のあるキャラが好みのようで、萌えトークの内容が推しキャラを誉めているのか貶しているのかよくわからない。

とにかくしつこく「守弥～」「守弥～」と訴えられ続けた六区は、

「あのね、お母さん。これはまだオフレコなんだけど――」

と声を潜める。突然声が小さくなったものだから、私も反射的に身を乗り出し、壁の向こう側の声に耳を澄ませた。

「こないだ、コバルト編集部へ行った時に聞いたんだけど」

そう、劇の上演について説明するため、先日六区はコバルト編集部を訪ねたのだ。なりゆきで私もくっついて行き、ジャパネスク少女小説編集者の恐ろしい生態を知ったものだった……。

「今年の秋にね、ジャパネスクの復刻版を刊行予定なんだって。それに合わせて、トリビュート・アンソロジー本も出るんだって」

「えっ、そうなの!?」

「うん、でもまだ公式に告知が出てないから、内緒だよ。SNSとかに書いちゃ駄目だよ。僕も、オフレコということで教えてもらったんだから」

というか、リアル中学生読者の訪問に浮かれた編集者たちが、訊いてもいないのに教えてくれたんだけどね――。

「そのトリビュート作品の中には、いろんなキャラが出てくるんじゃないかな？　守弥も出てくるかもしれないよ。それを楽しみにしてたら？」

「それは――出てくるかもしれないけど、出てこないかもしれないじゃない？　どういうお話が載るのかまでは、ろっくんも聞いてないんでしょ」

　不満そうな声を出す母に、六区がしれっと答える。

「出番がなかったらなかったで、『あー、ここでもやっぱり守弥はふたりの邪魔が出来なかったんだなー、残念だったなー』と思えばいいんだよ」

「はっ……なるほど！　それはなかなか高度な残念表現！　確かに、そういう楽しみ方もあるわよね～」

　一度は六区に言い包められ、部屋を出て行った母だったけれど、しばらくしてまた戻ってきた（論点をずらされたことに気づいたようだ）。

「ねえ、ろっくん。トリビュート本はそれでいいとしても、やっぱり劇ではオールスターが観たいわよう。いいじゃんいいじゃん、せっかくだから派手にやっちゃおうよ～。ちょっとくらい時系列がおかしくてもご愛敬よ～」

　再びしつこいおねだりが始まり、私は壁のこちら側で気が気でなかった。

　六区がこのまま母に押し切られて、ハチャメチャお祭り騒ぎの二次創作的脚本になっちゃったらどうしよう？　元来は六区だって、そういう風にしたいはずなのだ。それを、上演時間とかキャスティングの問題で、シンプルに抑えようとしている。その理性が、母の萌えトークで崩されてしまったら――。

そうなったとしても、直接私に被害があるわけではない。私が心配する義理はないのだけれど、ファンが多い作品だと聞くし、学園祭当日はコバルト編集部からの取材も入るようだし、変なお芝居を作ったら、ファンから抗議されるかも。ネットで炎上しちゃうかも――!?

もちろんそれだって私に対する抗議じゃないけれど、ここでこうしてふたりの会話を聞いてしまっている身としては、どこか共犯めいた後ろめたさを感じてしまう。ここで私が止めておけば、といずれ後悔することになるのでは――と思ってしまう。

だからといって、作品をしっかり読み込んでいるわけでもない私には、何をどう言って母の萌え暴走を止めればいいのかわからない。そんなことをぐるぐる考えていると、宿題が一向に進まない。

――ああ、六区が心を強く持って、適切な脚本を書き上げますように。

そして願わくは、秋に出るというトリビュート本に守弥の出番がありますように――(でないと、なんだかんだでやっぱり母がうるさいだろうから!)。

祈ることしか出来ないまま、私のゴールデンウィークは過ぎてゆくのだった。

あとがき

こんにちは、我鳥彩子（わどりさいこ）です。

新作刊行というより敢行と言った方がいいようなハチャメチャ短編連作『うちの中学二年の弟が』をお手に取っていただき、まことにありがとうございます。

なぜこんな本が出来上がったのかというと——あれは二年ほど前、同時期に別々のアンソロジー企画への短編依頼をいただいた私は、両方とも同じ主人公を使い、勝手にレーベルを跨（また）いだ連作にしてしまったのです。そうしたところ、せっかくだから書き下ろしを加えて一冊にまとめようよ、とコバルト・オレンジ編集部から言っていただいたのでした。

お言葉に甘えて短編を二本書き下ろしたはいいものの、収録作品の並び順に悩みました。物語内の時系列順に並べるとするなら、春のお話である『じゃぱねすく六区（ろっく）』を最初に持ってくることになりますが、これは『なんて素敵にジャパネスク』のトリビュート短編として書いたもので、作品の予備知識がない方にしてみれば、いきなりここから始められても訳がわからないと思います（苦笑）。
結局、『じゃぱねすく〜』は特別編として最後に回し、このような構成の一冊になりました。夏休みの一話目から始まって、四話目でいきなり時系列が戻りますが、六区は飽くまで中二であることに意味がある、とご理解いただけましたら幸いでございます。
ちなみに収録順に初出をご紹介しますと、このようになります。
『えきすとら六区』（書き下ろし）
『ちょこれいと六区』（チョコレート・アンソロジー小説『秘密のチョコレート』集英社
　　オレンジ文庫二〇一九年一月刊）
『ひろいずむ六区』（書き下ろし）
『じゃぱねすく六区』（『なんて素敵にジャパネスク』トリビュート集『ジャパネスク・
　リスペクト！』集英社コバルト文庫二〇一八年一〇月刊）
『じゃぱねすく六区・番外』（『ジャパネスク・リスペクト！』特典ペーパー掲載）
では、それぞれのお話についても少し。
『えきすとら六区　〜うちの女の子より可愛い弟が〜』
文庫にまとめるに当たり、巻頭に来る作品として六区とココちゃんを紹介するという意識を強く持って書いたお話です。イケメン俳優・円香遼壱のキャラが何気にお気に入り。あと、マダム千本木みたいな後ろ盾が欲しいとすごく思いました（笑）。

『ちょこれいと六区　～うちの悪魔で天使な弟が～』

インフルエンザで寝込んでいる時に、翌年のバレンタイン合わせのアンソロジー企画で短編を書きませんかと言われ、熱で茹だった頭が六区というキャラを生み出しました。私は以前、妄想推理で活躍するヒロインのお話を書いていたことがありますが、その男の子版を書いてみたいという思いがあり、そこから出来上がったキャラでもあります。

作品としての発表順で見れば『じゃぱねすく～』の次に世に出た短編ですが、キャラや世界観は先にこちらの作品用に出来ていたのでした。

『ひろいずむ六区　～うちの時空を超えた弟が～』

プロットでこのノリを説明するのが難しく、二行くらいの簡単過ぎるあらすじだけを提出して強引に書き下ろした、この本の中で一番の問題作（苦笑）。詳しいあらすじを知らされないまま原稿を送りつけられた担当様は、先の展開が読めずにハラハラし、本当に異世界トリップだったらボツにするつもりだったとのこと。我鳥さんならやりかねない、と思ったそうで。でも無事にあんなオチで、直しはまったく入らずのＯＫでした（笑）。

いっそ夢オチの方がよっぽど現実的だったよ、というくらい馬鹿馬鹿しいお話を書いてみたかったのと、人が突然歌って踊り出すミュージカルみたいな小説を書く機会をずっと昔から狙っていたのとで書いたものです。歌って踊りながら設定や状況の説明が出来るの羨ましいな～というのは、ミュージカルを観ながらいつも思うことです（笑）。


『じゃぱねすく六区　～うちのコバルト男子の弟が～』

私が少女小説と出合ったのは氷室冴子先生の『なんて素敵にジャパネスク』が最初で、私が小説を書くようになったのもそれがきっかけで、あまりに思い入れがあり過ぎる作品。初めにトリビュート企画の寄稿依頼をいただいた時、私には無理だと答えました。

まず、私は二次創作というものの経験が皆無である（他人様が創ったキャラの動かし方がわからない）。そして、ジャパネスクが特別過ぎて聖域過ぎて、平安時代を舞台にした作品を書けない（そういうネタ自体が湧いてこない）。そう訴えると、バラエティに富んだ一冊にしたいからいろいろな作品が欲しい、現代ものでもいい、ジャパネスクのキャラをそのまま使わなくてもいい、変化球路線担当でと言われ、悩んだ末、先に『ちょこれいと～』で思いついていたキャラを使って、こういうお話を書くに到ったのでした。

でも、いざ本が出来上がって見本誌をいただいたら、他の先生方はみんなちゃんとした二次創作でした。私だけこんなアホな話で、思いっきり浮いていたと思います（泣）。
そして、『じゃぱねすく六区・番外　〜うちのジャパネスクファンの母親が〜』は、トリビュート本初版発売時の特典ペーパー用に依頼されたミニ小説です。ペーパーの最後に、本文より大きな文字で『※このお話はフィクションです！』と念押しされていたのが印象的過ぎました。メタ過ぎる小話ですみませんです（苦笑）。

……といったわけで、紙幅が尽きてまいりました。
素敵な装画を描いてくださったＡｍｉｔ様、いつもお世話になっている関係者の皆様、今この本をお手に取ってくださっているあなた、ありがとうございます。ハチャメチャなお話ですが、楽しんでいただけましたらご感想などお寄せくださると嬉しいです。

二〇二〇年　二月　　我鳥彩子

実はこのお話、原作を担当している漫画とも繋がっています。

ブログ【残酷なロマンティシズム】　Twitter【wadorin】

※この作品はフィクションです。実在の人物・団体・事件などにはいっさい関係ありません。

集英社オレンジ文庫をお買い上げいただき、ありがとうございます。
ご意見・ご感想をお待ちしております。

● あて先
〒101-8050　東京都千代田区一ツ橋2-5-10
集英社オレンジ文庫編集部 気付
我鳥彩子先生

うちの中学二年の弟が

2020年3月24日　第1刷発行

著　者　我鳥彩子
発行者　北畠輝幸
発行所　株式会社集英社
〒101-8050東京都千代田区一ツ橋2-5-10
電話【編集部】03-3230-6352
【読者係】03-3230-6080
【販売部】03-3230-6393（書店専用）
印刷所　株式会社美松堂／中央精版印刷株式会社

※定価はカバーに表示してあります

ISBN 978-4-08-680311-3 C0193

集英社オレンジ文庫

我鳥彩子

雛翔記（すうしょうき）

天上の花、雲下の鳥

大国の王との結婚と
暗殺の密命を受けた従者・日奈。
命令を疑うことなく大国へ
輿入れした彼女を、驚愕の真実と
運命の出会いが待ち受ける…。

好評発売中

【電子書籍版も配信中　詳しくはこちら→http://ebooks.shueisha.co.jp/orange/】